加門七海の鬼神伝説

目次

序

面白いことに、世の中には「鬼」という言葉に大きく反応する人と、そうでない人の二種類がいる。

無関心な人は本当に無関心で、嫌いという以前に興味が無い。一方、「鬼」に反応する人は執着に近い愛情を見せたり、後じさるほど怖がったりと、強い感情を示す人が多い。

ふたつの差は、その人の「世界」の差のように思える。

どちらがいいという話ではない。

深山の獣が鮫《さめ》の脅威に無関心であることや、海の魚にとって蜂蜜の味がどうでもいいことと同じだ。

神仏だの心霊だのについての話題も、似たような傾向はある。しかし、「鬼」の場合ほど、振れ幅は大きくないようだ。

なぜか。

理由はわからない。

但《ただ》し、自分が相当な鬼好きだというのは自覚している。デビュー作自体、鬼をテーマにしたほどだ。

それこそ理由はわからないけど、私は鬼に惹《ひ》かれてやまない。

以前、某霊能者に聞いた話によると、鬼たちの棲《す》む世界というのは、神の世界と人の世界の間・隙間に位置しているとか。

そこには人以上、神未満のモノがいて、あらゆる知恵や情報が正邪を問わずあるという。「神に会った」とか「神からのメッセージを受け取った」などと称する人のほとんどは、実はここに引っかかっていて、そのために道を誤る人も大勢存在するらしい。

座禅でいうところの「魔境《まきょう》」に近いか。

「魔境」は座禅初心者が陥る罠で、瞑想中に神仏や異形のモノが見えたり、音や声が聞こえたりする状態を指す。場合によっては、その感覚を悟りと勘違いしてしまうのだ。

実際はごく浅い境地のトランスであり、本当の禅定《ぜんじょう》ではないために、その状態を打破して軌道修正するのが真の悟りへの道だとされる。

神未満の世界、人以上の世界——実際、そこで騙《だま》されて、神に選ばれた気になって選民主義に陥る人も多くいる。注意すべき境地だろう。

だが、ちょっと綺麗なモノを見たり、幽霊や妖怪を見たいと思う人も沢山いるはずだ。

かく言う私自身もそうだ。

悟りを目指すつもりもなくて、見るだけ覗《のぞ》くだけならば、「魔境」はかなり面白そうだ。

鬼たちが棲んでいる場所も、「魔境」にとても近い気がする。

いや、人と神の間の世界は、「魔境」のごとく打破すべきものだけではないはずだ。人の世に近いということは、人に必要な情報もあるということではなかろうか。

もっとも、この話は霊能者からの伝聞なので、資料的な裏付けはないし、真偽を確かめる術《すべ》もない。

しかし、この霊能者が語った言葉は、私が思う鬼の世界にしっくり収まる気がしている。


一口に「鬼」と言っても、姿・性質は様々《さまざま》だ。

絵本に出てくる鬼の姿は、大概、赤い顔にギョロ目のパンチパーマ、牛の角と虎の牙を持っていて、虎皮の褌《ふんどし》を着けている。

この姿は、陰陽道《おんみょうどう》で北東＝「丑寅《うしとら》」の方角が万鬼の集まる「鬼門《きもん》」と呼ばれることからきている（パンチパーマは違うと思うが……）。

また、仏教における鬼神や夜叉《やしゃ》、餓鬼《がき》、地獄の卒《そつ》のイメージからも、人を食う異形の怪物として、鬼は形作られた。

しかし、陰陽道の「鬼」は本来、異形のモンスターではない。

陰陽道は道教思想を基とするが、その道教を生んだ中国では、「鬼」は死霊《しりょう》のことを指す。

我々は一括りに魂魄《こんぱく》という言葉を使うけど、実は魂と魄は異なった性質を持っている。魂は陽、魄は陰。

死後、魂は天に昇っていくが、魄は地上に留《とど》まるとされる。そして地上に留まった魄のうち、無念の死を遂げたり、祀《まつ》るもののない霊は祟《たた》って鬼となると言われてきた。

この魄の「鬼」が中国の鬼で、日本では「キ」と呼んでいる。

だから、中国伝来の陰陽道から出てきた「鬼門」は「キ」の門であり、死霊の集う門となる。虎皮のパンツを穿《は》く鬼は、飽くまで日本において後付けされたイメージでしかないというわけだ。

一方、「鬼」という漢字自体は、日本で「キ」よりも広く、深い意味で用いられてきた。

古くは、「鬼」の字を「かみ」「もの」「しこ」と読む例がある。

「かみ」は神、「もの」はモノノケの「モノ」。「しこ」は醜いという意味が強いが、本来は強くて恐ろしいことを指すと言い、相撲の「四股《しこ》」もそこから来ているといった説もある。

「もの」は奈良の三輪山《みわやま》に鎮まる大物主神《おおものぬしのかみ》の「もの」と同じだ。そして、「しこ」は大国《おおくに》主神《ぬしのかみ》の別名である葦原醜男《あしはらのしこお》の「しこ」となる。

つまり、大物主神は「大鬼主神」、葦原醜男は「葦原鬼男」と置き換えることが可能ということ。

また、大物主神も大国主神の別称という説があるから、大国主神は強く恐ろしい、鬼としての神霊そのもの……としてもいいのかもしれない。

ここまで書いて思い出したのは、以前、雑誌『HONKOWA―ほんとにあった怖い話―』(朝日新聞出版)にて取り上げた出雲大社「平成の大遷宮《だいせんぐう》」だ。

そのとき現場にて、私が感じた祭神・大国主神のイメージは、強大で原始的な力を持つティラノサウルスのようなものだった。もし、そのイメージが「かみ」「もの」「しこ」の鬼と同一線上にあるならば、私にとっての日本の「鬼」は死霊とはかけ離れた存在だ。

大国主神というのは、天照大神《あまてらすおおみかみ》を筆頭とする天津神《あまつかみ》の降臨以前から日本の国土を治めていた国津神《くにつかみ》の代表だ。

それが偉大な鬼となるなら、国津神には鬼の影があると言っていいだろう。

ある説明では、鬼というのは精霊や祖霊、先住民族や異民族を指す場合もあるという。

大国主神は日本に先住していた神なので、この説明でも鬼と繋がる。

日本の鬼は神でもあるのだ。

ならば、この「鬼」の和訓がどうして「おに」になったのか。

こんな説がある。

――姿の見えないモノ、この世ならざるモノを意味する「隠《おぬ》」が転じて「おに」となった。

これならば、神であっても死霊であっても、意味が通じることになる。

しかし、鬼のイメージはそれだけでは表せない。

今まで記してきたものだけでも、丑寅の鬼・死霊・神・モノノケのモノ・精霊・祖霊・先住民族・異民族と多種多様だが、「鬼」がつく言葉を探ると、もっとイメージが広がっていく。

冷酷で無慈悲な「鬼婆」「鬼嫁」。勇猛で荒々しい意味で用いる「鬼将軍」。通常と異なる状態や大形である「鬼歯」や「オニヤンマ」。ひとつの事に精魂を傾ける「仕事の鬼」。凄《すご》い、激しい、異常なほど、という意味で用いる「鬼のように~する」。

――大きく、強く、激しくて、尋常ではない何かの様子……。

「おに」のイメージは、日本における神霊の最も深い場所に位置するのだ。

これから暫《しばら》く、私は様々な鬼の姿を記していきたいと思っている。

但し、気掛かりなことがある。

鬼を下手に扱うと「被《かぶ》る」「障《さわ》る」と言われていることだ。

運が下がったり、事故に遭ったり、はたまた、とんでもない超常現象に見舞われたり。

実際に「被った」話も知っているため、私は今びくびくしているし、テーマを間違えたかなあ、なんて、少しばかり後悔もしている。

しかし、私は鬼好きだ。怖いけれど大好きなのだ。

だからこその話なのだが、もしもこの先、話が尻切れトンボに終わったときは、逃げたな、と思ってもらって間違いない。

そのときはきっと誰よりも、私は鬼の怖さと強さを実感しているに違いないから。

一之巻

酒天童子

一

鬼の世界でのトップスターといえば、酒呑童子《しゅてんどうじ》に違いない。

古典に始まり、現代でも漫画や小説のテーマとして多く取り上げられている。

だが、酒呑童子の話をきちんと知っている人は、案外、少ないのではなかろうか。

現存している資料の中、酒呑童子を題材とした一番古い作品は、南北朝時代の『大江山《おおえやま》絵詞《えことば》』（重要文化財、逸翁《いつおう》美術館蔵）。続いて、謡曲『大江山』。それから江戸時代初期の『御伽草子《おとぎそうし》』だ。

酒呑童子の物語は、この『御伽草子』によって多くの人の知るところとなり、桃太郎《ももたろう》と並ぶ鬼の話として有名になっていったのだ。

しかしその後、話には多くのバリエーションができ、本来の物語が持つ醍醐味《だいごみ》が薄れて曖昧《あいまい》になってしまった。

つまり、ひと言でいうならば、時代が下れば下るほど、酒呑童子は醜《みにく》く残虐《ざんぎゃく》な化《ば》け物《もの》となって、本来の童子が持っていた美しさや悲哀《ひあい》が失われてしまったのである。

『大江山絵詞』に出てくる酒呑童子の登場シーンは、笛《ふえ》を愛する美童《びどう》として描かれる。美しい小袖《こそで》に白い袴《はかま》を穿《は》き、香色《こういろ》（黄味がかった薄赤色）の水干《すいかん》を着けた姿で、眼差《まなざ》しも立《た》ち居振《いふ》る舞《ま》いも、いかにも知恵深げに見えると記されている。

それが『御伽草子』となると、生臭《なまぐさ》い風と雷《いかずち》と共に現れて、肌は薄赤く、髪《かみ》は結《ゆ》わないまま乱れ、大きな格子柄《こうしがら》の着物に紅《くれない》の袴、鉄の杖《つえ》を持って辺りを睨《にら》む様《さま》は身の毛もよだつばかり——とされてしまうのだ。

全然！　まったく！　すべてが違う!!

後代にできたこのイメージが広まってしまったがために、「酒呑童子は美形なんだよ。悪いだけじゃないんだよ」と、どんなに言っても通じはしない。

鬼好きとして、こんな悔《くや》しいことはない。

なので、ここでは少ししつこく酒呑童子を語ってみたい。

まずはオーソドックスなあらすじを記《しる》すので読んでほしい。

平安時代、一条天皇《いちじょうてんのう》の御代《みよ》。

京の都の若者や姫君がいなくなる事件が頻発《ひんぱつ》した。その原因を安倍晴明《あべのせいめい》に占《うらな》わせてみたところ、大江山に棲《す》む鬼の酒呑童子の仕業《しわざ》とわかった。そこで帝《みかど》は源頼光《みなもとのらいこう》をはじめとする四天王《してんのう》を大江山に向かわせた。頼光らは旅の者を装って酒呑童子の居城《きょじょう》を訪ね、毒酒を飲ませて泥酔《でいすい》させる。そして鬼たちを皆殺しにし、京に首を持ち帰った。酒呑童子の首は帝が検分《けんぶん》したのちに、宇治《うじ》の平等院《びょうどういん》に納められた。

――話を読んで、最初に多くの人の目を引いたのは、安倍晴明の名に違いない。

そう。酒呑童子の話には安倍晴明が登場するのだ。

本題である鬼の話をする前に、まずは周りを固めておこう。

昔話をはじめ、こういう物語に出てくる歴史上の人物は、大体、真面目《まじめ》に計算すると時代が合わないものだ。だが、酒呑童子の場合は違う。安倍晴明と源頼光はほぼ同時代に実在していた。

安倍晴明は延喜《えんぎ》二十一年（九二一）生まれ。源頼光は天暦《てんりゃく》二年（九四八）生まれ。晴明のほうが二十七歳年上となる。一条天皇の在位期間は寛和《かんな》二年（九八六）～寛弘《かんこう》八年（一〇一一）なので、即位したばかりのときであっても、晴明さんは数えで六十六。頼光は同じく数えで三十九。少女漫画の素材としては苦しいが、史実上、安倍晴明が活躍したのは四十を過ぎてからなので、そういう意味でも、この物語の設定には無理がない。

むしろ、彼らが実在していた時代から五百年以上ののちに、正確な設定がなされたことのほうが驚きだ。

もっとも、酒呑童子最古の物語となる『大江山絵詞』は一流の絵師が手がけており、帝や貴族が鑑賞《かんしょう》した絵巻物。現在、重要文化財となっているほど、その出来映《できば》えは見事なものだ。

鬼の話は今でこそ子供向けの昔話として扱われているが、当時の読者対象は地位と教養のある大人だった。

その大人向けの話にどうして、こういう題材が選ばれたのか……。

謎《なぞ》は残るが、下手《へた》な推測《すいそく》はやめておこう。いずれにせよ世に出た当時、酒呑童子の物語は貴族たちを対象にしていた。そうして、それゆえに設定も綿密に計算されたのだ。

ここでもうひとつ問題となるのが、舞台となる「大江山」だ。

オオエヤマとは、どこなのか。

酒呑童子の本拠地《ほんきょち》とされるオオエヤマには、ふたつの説が存在する。

ひとつは丹後国《たんごのくに》（京都府与謝野《よさの》町、宮津市と福知山《ふくちやま》市大江町の境域）に聳《そび》える標高八三二・六メートルの大江山、別名千丈ヶ嶽《せんじょうがだけ》。

もうひとつは、山城国《やましろのくに》（京都市）と丹波国《たんばのくに》（京都府亀岡市）を隔《へだ》てる標高四八〇メートルの大枝山《おおえやま》。今の老《おい》ノ坂峠《さかとうげ》だ。

前者の大江山には、酒呑童子の登場以前に陸耳御笠《くがみみのみかさ》という土蜘蛛《つちぐも》がいた。加えて、六世紀の末、用明天皇《ようめいてんのう》の皇子《みこ》と伝わる麻呂子親王《まろこしんのう》が退治した英胡《えいこ》・軽足《かるあし》・土熊《つちぐま》という鬼がいたとの伝説もある。

また、近年までニッケル鉱山があったことからもわかるように、大江山は鉱山でもある。踏鞴師《たたらし》や金山衆《かなやましゅう》という、里の民とは異なる生活を営む人たちの姿や、川に流れる鉱毒を「鬼」に見立てたという解釈は有力な学説となっている。実際、鉄をはじめとした鉱物産地と鬼伝説は重なるところも少なくない。

それら古い鬼伝説、鉱山、独立峰《どくりつほう》という景観上の有利さ。そして、何よりも『大江山絵詞』の写本と見なされるものに「帝都より西北」とあることから、丹後の大江山は酒呑童子伝説の有力な比定地《ひていち》となった。

一方、大枝山（老ノ坂峠）も古くは大江山と記されていた。

こちらが伝説の舞台とされる理由は、主に謡曲『大江山』の中にある。

『大江山』は『大江山絵詞』とほぼ同時期に作られている。その詞章《ししょう》には、オオエヤマへの道順が記されている。

即ち「まだ夜のうちに」「月の都を立ち出でて。行く末問へば西川や」と、西川即ち桂《かつら》川《がわ》が謡《うた》われ、主役である酒呑童子自身も、「都のあたり程近き」との頼光の詞につづけて、「この大江の山に籠《こも》り居」ると応えているのだ。

都に近い、桂川に近い、となれば該当するのは大枝山（老ノ坂峠）になる。しかしながら、謡曲ではその後で「天《あま》の橋立与謝《はしだてよさ》の海《うみ》。大山《おおやま》の天狗《てんぐ》も。われに親しき。友ぞと知ろしめされよ」「丹後丹波の境なる。鬼が城も程近し」と、酒呑童子自身が語っている。天橋立、大山、鬼ヶ城山に近いのは大江山（千丈ヶ嶽）のほうである。ここではふたつのオオエヤマが混同しているように思える。

そこでヒントとして登場するのが、百人一首に採られている小式部内侍《こしきぶのないし》の和歌となる。

大江山　いく野の道の　遠ければ　まだふみもみず　天橋立

「いく野」は山陰道《さんいんどう》にある地名で、現在の京都府福知山市生野のことだ。

この和歌は、都から小式部内侍の母・和泉式部《いずみしきぶ》のいる天橋立までの道順を歌ったものとされている。だとすると、都からの道順は山陰道を通って、大江山・生野・天橋立となるために、和歌で詠《うた》われたオオエヤマは山陰道沿いにある大枝山（老ノ坂峠）ということになるのだ。

『大江山絵詞』の中、酒呑童子を退治した帰路、頼光たちが仮の庵《いおり》を結んだのも「大江山の麓《ふもと》」にある生野の道の辺《あた》りとなる。

但し、丹後の大江山（千丈ヶ嶽）も生野より先にはなるものの、山陰道を用いるならば同じ道筋に並んでいる。これではどちらかわからない。大体、大江山も大枝山も、今の感覚からすると山の麓に生野の道が通っているとは言い難いのだ。

しかし、今の老ノ坂峠には、酒呑童子の首を埋葬したと伝わる「首塚大明神《くびづかだいみょうじん》」がある。平等院に首を納めたとする話とは異なるが、「首塚大明神」の由来に依《よ》れば、源頼光一行が京へ戻る途中、首が持ち上がらなくなったため、首を埋めた場所だとされる。

首が持ち上がらなくなった理由は、当地にいた地蔵菩薩《じぞうぼさつ》が「不浄《ふじょう》の首を都に入れることはまかりならぬ」と言ったためとか。

この地蔵菩薩は、恵心僧都源信《えしんそうずげんしん》作の像だったとされている。源信は天台宗《てんだいしゅう》の僧侶だ。その彼の元で修行した僧侶のひとりに、源頼光の弟である源賢《げんけん》がいる。

遠い関係ではあるが、地蔵菩薩と源頼光は源信を通して繋がっているのだ。

実際、山陰道に位置する大枝山（老ノ坂峠）は、山城国即ち京と丹波を隔てる結界《けっかい》だった。そしてここでは京に魔物が入らないよう、様々な祭りが執《と》り行われた。

特に重要だったのが、「四角四境祭《しかくしきょうさい》」という陰陽道《おんみょうどう》の祭祀《さいし》だ。

平安京の四隅「四角」と国の四つの境「四境」で災厄《さいやく》を防ぎ、疫病《えきびょう》の侵入を阻《はば》んでいた。この「四境」のひとつが老ノ坂だ。ゆえに、鬼を不浄の象徴として、結界内への侵入を神仏が阻止するのは納得できる。

これを逆に言うならば、結界の外は鬼の世界ということになる。ゆえに、峠に着いた時点では、酒呑童子の首はまだ力を持っていた。そして、頼光たちはその力まで削《そ》ぐことはできなかったと言えるだろう。

ちなみに「首塚大明神」の伝説では、首が動かなくなったのは大江山（千丈ヶ嶽）からの帰路ということになっている。

ならばやはり、酒呑童子のいたオオエヤマは大江山なのか。

もしかすると、一カ所に絞る必要は無いのかも知れない。双方共に鬼はいた。

いや、鬼の王がいる場所を、人はオオエヤマと呼んだのではないか。

——なんだか、主役の話からすっかり遠のいてしまったが、酒呑童子をはじめとした鬼の話は、即ち平安京の「魔」を解くミステリーでもある。

朝廷にとっての「魔」とは何か。

鬼退治のヒーロー頼光と四天王とは何者なのか。

まだまだ謎は沢山ある。

二

『桃太郎』は大嫌いだ。

というより、こんな話を子供に読ませてはいけない、と私は真剣に考えている。

話の原型は江戸時代にできたらしいが、一般的になったのは明治以降。富国強兵の波に乗り、勧善懲悪《かんぜんちょうあく》の話として全国に広まった。

しかし、その筋書きは滅茶苦茶だ。桃太郎という男が、きびだんごで買収した動物たちを連れて鬼《おに》ヶ島《がしま》に行き、そこの住民を「懲《こ》らしめた」のち、金品を奪《うば》って帰る——というもの。

鬼ヶ島行きの理由は何もなく「鬼がいるから成敗《せいばい》しに行く」というだけだ。鬼が人を襲《おそ》ったとか悪事を働いたという話も出ない。

もっとも、近年、児童文学としてまとめられた『桃太郎』には理由づけがされている。そこでは、盗んだお宝を鬼が溜《た》め込《こ》んでいると旅人が話すシーンがある。それで桃太郎は出かけるのだが、つまりは伝聞、ただの噂《うわさ》だ。義憤《ぎふん》に駆《か》られたというよりは、お宝目当てにしか思えない。

大体、犬や猿や雉《きじ》たちは鬼に恨《うら》みはないはずだ。なのに、食べ物をもらってホイホイと桃太郎に加担するなんて、どういう神経をしているのか。浅ましいにもほどがあろう。

実際、家に戻ったのち、盗難に遭《あ》った被害者に彼らがお宝を返しにいったという話はない。家に宝を持ち帰り、爺ちゃん婆ちゃんみんな揃って、凱旋《がいせん》を祝ってオシマイだ。

どこに正義があるというのか。

小さく見積もっても、強盗傷害《ごうとうしょうがい》。大きく見れば、一国への侵略《しんりゃく》だ。それを勧善懲悪の物語として子供に読ませるなど、もってのほか。

消えてなくなれ『桃太郎』!

――というほど、私はこの話が嫌いなのだが、その祖型《そけい》となったのが酒呑童子の物語だ。桃太郎と三匹の従者《じゅうしゃ》は、即ち酒呑童子討伐《とうばつ》に向かった源頼光《みなもとのらいこう》と四天王に相当する。四天王の名は渡辺綱《わたなべのつな》、坂田公時《さかたのきんとき》、碓井貞光《うすいさだみつ》（あるいは平忠通《たいらのただみち》）、卜部季武《うらべのすえたけ》。また、もうひとり、藤原保昌《ふじわらのやすまさ》という男も関わっている。

前節、参照にした酒呑童子の基本資料『大江山絵詞《おおえやまえことば》』によると、藤原保昌は最初、頼光より先に召し出されたものの一旦辞退し、そののち再度、頼光と共に討伐隊に任ぜられている。

一般的には「頼光＋四天王」で扱われるが、『大江山絵詞』に限っては藤原保昌も加わるわけだ。

ここでは、この六人を俎上《そじょう》に載《の》せてみたいと思う。

まあ、結論から言ってしまうと、全員、大した人物ではない。

鬼贔屓《おにびいき》ゆえの悪口ではなく、本当に、史実としての彼らはショボいのだ。

頼光は源満仲《みなもとのみつなか》の嫡子《ちゃくし》であり、父・満仲とおなじく摂関家《せっかんけ》に仕え、藤原道長《みちなが》の側近となった。

藤原道長といえば、平安時代中期に絶大な権力を誇《ほこ》った公卿《くぎょう》だ。三人の天皇の外祖父となり、「この世をば　わが世とぞ思ふ　望月《もちづき》の　欠けたることも　なしと思へば」という歌を詠《よ》み、この時代において糖尿病《とうにょうびょう》で死んだとされるほど贅沢《ぜいたく》を尽くした人物だ。

頼光とその父・満仲はこの人物に取り入るため、たびたび多大な貢《みつ》ぎ物をした。

たとえば、道長が土御門殿《つちみかどどの》を造営した際には、そこで使う雑具をすべて私財をもって献《けん》じている。この父子は数か国の受領《ずりょう》を歴任したことで、かなりな財力を持っていたのだ。

その献身ぶりが評価され、頼光は武門の名将「朝家《ちょうか》の守護」と呼ばれるようになっていく。道長を異母弟とする藤原道綱《ふじわらのみちつな》が、娘婿《むすめむこ》として頼光の家に移り住んでいることからも、両者は血縁関係をも結んでいることがわかる。

また、道長の孫の後一条天皇《ごいちじょうてんのう》即位のときは、破損《はそん》のひどい調度に対して、頼光は道長から奉仕《ほうし》を命じられている。つまりはまた金を出せという話だが、これをやり遂げた功績により、頼光は初めて昇殿《しょうでん》を許されている。

媚《こ》びへつらうのも大変だが、この時代の出世とはそういうものだ。実際のところ、頼光は世渡りのうまい官僚であり、貴族の世界に身を置くことに人生の価値を見いだしていた。

結果、その子孫は「摂津源氏《せっつげんじ》」と呼ばれて清和《せいわ》源氏の嫡流《ちゃくりゅう》となり、歴史にも名を残したのだ。

おわかりだろうか。

現実の武勇伝は皆無《かいむ》というのが、頼光なのだ。

道長は頼光を「朝家の守護」と呼んだようだが、相当する話はない。拾ったエピソードを見る限り、「朝家のインテリア守護」と呼ぶほうが相応《ふさわ》しい気がするのだが……。

一方、藤原保昌も道長の信任厚く、その期待に応える忠実な家司《けいし》として評価されている。こちらは実際、武人としても優れていたという話だが、肥後《ひご》、丹後《たんご》、大和《やまと》、摂津守を受領として歴任しているところを見ると、やはり、世渡り上手のお金持ちだ。

彼は歌人・和泉式部《いずみしきぶ》の最後の夫としても知られている。

『今昔物語《こんじゃくものがたり》』の一編には、興味深いエピソードが記されている。

物語中、保昌は都を騒がせた盗人《ぬすっと》集団の首領・袴垂《はかまだれ》を震え上がらせた豪傑《ごうけつ》として描かれる。が、その話の最後に、保昌の弟・藤原保輔《やすすけ》は袴垂と同一人物であるらしい、と記されているのだ。

実際、『尊卑分脈《そんぴぶんみゃく》』という家系図において、弟・保輔は「本朝第一の強盗の張本」等と添え書きされている。鬼退治より自分の身辺を綺麗《きれい》にしろと言いたいところだが、面白味という点では頼光よりも保昌のほうが上だろう。

四天王で一番有名な渡辺綱も興味深い。

綱の祖先は、嵯峨天皇《さがてんのう》の皇子で臣籍《しんせき》に降下した左大臣・源融《みなもとのとおる》。綱はその四代目に当たる。頼光同様、綱自身にも武勇伝は見当たらない。が、子孫は「渡辺党」と呼ばれる武士団を形成。内裏警護《だいりけいご》に従事する滝口武者《たきぐちのむしゃ》となり、また、瀬戸内海における水軍の親玉的な存在となった。そして、皇室領である大江御厨《おおえのみくりや》を統轄《とうかつ》し、住吉の浜で行われる「八十嶋祭《やそじままつり》」に従事した。

八十嶋祭とは天皇が即位した翌年に行われる儀礼のひとつで、島々の神霊を招くものだと言われている。つまり、彼らは武士であると同時に、神事に介入できる能力を持つと見なされていたわけだ。

頼光及び四天王には様々な伝説があるけれど、現実的に呪術的な匂いを持つのは、この渡辺綱のみだ。「オオエヤマ」を連想させる大江御厨を統轄したというのも意味深だ。

四天王残りの三人、坂田公時、碓井貞光（平忠通）、卜部季武に関しては、ほとんど資料も見当たらない。渡辺綱以外は活躍どころか、官位もわからない有り様だ。

但し、同じく『今昔物語』には、頼光四天王のうち渡辺綱を除く三人と覚しき人物（坂田公時・平貞道・平季武となっている）が、紫野《むらさきの》へと競馬《くらべうま》見物に出かける話が記されている。

もちろん、武勇伝ではない。慣れない女車《おんなぐるま》にふざけて乗って出かけたため、ひどい車酔いになって醜態《しゅうたい》をさらすという笑い話だ。

まあ、武士が力を持つのはもう少し後の時代なので、現実の彼らが凡人揃《ぼんじんぞろ》いなのは仕方なかろう。

しかし、伝説世界では彼らは皆、立派なヒーローだ。

頼光は酒呑童子の話のほか、土蜘蛛《つちぐも》も退治したことになっている。その父・満仲も信州《しんしゅう》戸隠《とがくし》の鬼女紅葉《きじょもみじ》を成敗している。渡辺綱は戻橋《もどりばし》にて茨木童子《いばらきどうじ》の腕を切り、碓井貞光は巨大な大蛇を大鎌で退治。卜部季武は美濃国《みののくに》にて産女《うぶめ》に出会い、また別の話では平将門《たいらのまさかど》の娘・ゆり姫（滝夜叉《たきやしゃ》）を討ち取ったとされている。そして、坂田公時は金太郎、即《すなわ》ち坂田金時として知られた存在だ。

唯一、妖怪的な伝説がないのが藤原保昌だ。それで、後世、四天王グループに入らなかったのかもしれない。

さて。特撮戦隊もののハシリとも言えそうなこの五人にはもうひとつ、史実としての共通点がある。

それは、坂田公時以外の全員が、血縁やら主従関係を結んでいるということだ。

まず、頼光の母は、のちの渡辺党と関わりのある嵯峨源氏・源俊《みなもとのすぐる》の娘。その渡辺党の始祖というべき渡辺綱は、早くに両親を失って、満仲の娘婿である源敦に育てられている。その縁で、綱は頼光の郎党《ろうとう》となったというわけだ。

一方、藤原保昌は満仲の二人目の妻の兄弟、つまり満仲の義弟に当たる。そうして卜部季武の父・季国《すえくに》は、満仲の老臣であったという。

四人はすべて、頼光の父・満仲を中心にまとまっている。ここになんらかの意図を感じてしまうのは、私だけではないだろう。

四天王たちの伝説はほとんど『今昔物語』の中にある。

『今昔物語』は一一二〇年以後の成立。『大江山絵詞』はそれより後の室町時代初期の成立だ。『今昔物語』が書かれた年代には幅があるため、断定こそできないが、これらの説話があったからこそ、彼らは酒呑童子の物語に登場したのかもしれない。

また、室町時代といえば、鎌倉幕府滅亡後すぐの時代だ。その時代に、彼らを英雄にして物語を作った人物は、源氏あるいは滅亡した源氏の直系に思慕《しぼ》を寄せる人物という可能性も考えられる。

――こう記して「酒呑童子の裏テーマは源氏リスペクトだ！」とすることもできよう。

だが、生憎《あいにく》、この物語はそんな単純なものではない。なぜなら、この話には「鬼」側からの強烈なメッセージが込められているからだ。

殺される間際、酒呑童子は頼光たちにこう言っている。

「鬼神に横道《おうどう》なきものを」

横道とは、不正・邪道・よこしまな行いを意味する言葉だ。勧善懲悪の物語になぜ、こんな台詞《せりふ》が紛れ込むのか。

――随分《ずいぶん》回り道をしたが、いよいよ本題に取りかかりたい。

鬼の国と酒呑童子だ。

三

先日、こんな夢を見た。

洞窟《どうくつ》のような雰囲気《ふんいき》の石造りの喫茶店に、私は入った。

メニューを見ると、「ウィンナーコーヒー」の脇に「酒呑童子《しゅてんどうじ》」と書いてある。

不思議に思って眺《なが》めていると、黒服を隙なく身につけた美青年のウェイターがやってきた。

「これ、なんですか？」

私はメニューを指して尋ねた。

ウェイターはにこやかに頷《うなず》いた。

「当店では、ウィンナーコーヒーを酒呑童子と呼んでいるのです」

「へえ。結構、甘いのかな」

苦笑すると、彼も微笑《ほほえ》んだ。

「加えて、ちょっと気が弱いんです」

私は大いに納得し、「じゃあ、酒呑童子をお願いします」

——と、オーダーするところで目が覚めた。


酒呑童子が結構甘くて、ちょっと気が弱いというのは本当だろう。

それは原本となる『大江山絵詞』をはじめ『酒天童子物語絵詞』や謡曲『大江山』など、

どれを読んでもわかることだ。

まずは『大江山絵詞』を腰を据《す》えてじっくり紹介したい。

但《ただ》し、全部を記すと相当な量になってしまうため、ポイントは絞《しぼ》らせていただきたい。興味のある方は是非《ぜひ》、図書館なりで読んでください。

また、この先、童子の名前は「酒呑」ではなく「酒天」と記す。なぜなら、一番古い資料である『大江山絵詞』の表記が「酒天童子」となっているからだ。

「天」の文字があるように、彼はただの酒呑《さけの》みではない。そうして、ただの鬼でもない。

酒天童子は、鬼の国の天主《てんしゅ》ともいうべき存在だった。

それをまずは心に留《とど》めておいてほしい。

ちなみに、以下の（　）内は、私の主観と補遺《ほい》になる。


源頼光と四天王、そして藤原保昌《ふじわらのやすまさ》は、朝廷の命《めい》を受けて酒天童子討伐《とうばつ》に向かった。

彼らは途中、石清水八幡宮《いわしみずはちまんぐう》に戦勝祈願に立ち寄った。すると、社《やしろ》の阿闍梨《あじゃり》が社宝の星兜《ほしかぶと》を授けてくれた。次いで日吉社《ひよししゃ》などにも参詣した。

そののち一行が雪の残る山道に入ると、老翁《ろうおう》・山伏《やまぶし》・老僧《ろうそう》・若僧《にゃくそう》の四人が迎え出た。頼光たちは（馬鹿なので）すぐに敵と勘違《かんちが》いして太刀《たち》を抜いた。しかし、四人は鬼退治の味方をしたいと言い、彼らに酒食《しゅしょく》を振る舞ったあと、「武士のままの姿ではすぐに見破られてしまうだろう」と、（頭の軽い彼らを諭《さと》して）山伏に変装させた。

姿を変えた一行は、老翁の道案内でさらに山奥へと向かっていった。

と、川で洗濯《せんたく》をしている老女を見かけた。（学習能力のない）頼光たちは、またも単純に老女を殺そうとするのだが、彼女は手を合わせて助命《じょめい》を乞《こ》うた。

「わらわは怪しい者ではありませぬ。もとは生田《いくた》の里《さと》に暮らしていました。鬼に攫《さら》われてきたものの食われずに、器量《きりょう》が良かったために生かされました。そして今日まで既に二百年間、童子に仕えて着物を洗わされているのです」

続けて、老女は岩穴の先が「鬼隠《おにかく》しの里」と呼ばれていると言い、酒天童子を「鬼王」と呼んだ。

頼光たちは彼女の案内通りに岩穴を見つけて通り抜けた。すると、やがて鬼王の城が見えてきた。

まず現れた八足《はっそく》の門《もん》は、柱・扉ともに非常に美しく、辺りも輝くほどだった。四方の山は瑠璃《るり》に見まごうばかりで、地は水晶《すいしょう》の砂をまいたような、まばゆいばかりの美しさだ。

（実は腰抜《こしぬ》けな）頼光は、まず渡辺綱《わたなべのつな》に入れと言った。綱は言われるまま門の内に入って、寝殿《しんでん》と覚しき建物の前で案内を乞うた。と、簾《すだれ》を掻《か》き上げて一丈（約三メートル）ばかりの大童子が現れた。

童子は練貫《ねりぬき》の小袖《こそで》に裾口《すそぐち》の広い袴《はかま》を穿《は》き、笛を片手に現れた。

「誰人《たれ》ぞ」

童子はその眼差しも言葉付きも、（当然）気高くて畏《おそ》れ多い気配を宿していた。

綱は自分たちを山伏と偽り、道に迷ったので宿を貸してほしいと頼んだ。童子は（結構、甘いので）快く頷いて、彼らを城の中に入れた。

暫《しばら》くすると、麗《うるわ》しい女房たちが銀《しろがね》の瓶子《へいし》に入った酒と、金《こがね》の鉢《はち》に盛った肉を出してきた。酒も肉も生臭《なまぐさ》かった。

頼光たちは童子を呼び出した。再び現れた童子は美しい小袖に白い袴を穿き、香色《こういろ》の水干《すいかん》を着用し、（当たり前だが）眼差しも立ち居振る舞いも、いかにも知恵深げに見えた。

美貌《びぼう》の女房たちに脇息《きょうそく》などを用意させ、くつろぐ姿は辺りも輝くばかりに素晴らしい（私の贔屓目《ひいきめ》ではなく、原本に書いてあるんです！）。

頼光たちが改めて「道に迷った」と言うと、酒天童子は自らの昔語りをし始めた。

「我は酒を深く愛する者なり。ゆえに、眷属《けんぞく》たちは我を酒天童子と呼んでいる。古《いにしえ》は平野山《ひらのやま》（比叡山《ひえいざん》）を重代の私領《しりょう》として日々を送っていたのだが、伝教大師《でんぎょうだいし》最澄《さいちょう》が山の峰《みね》に根本中堂《こんぽんちゅうどう》を建てて神を祀った。もともとは我の住処《すみか》であるなれば、口惜《くちお》しくて楠《くす》に変じて障《さわ》りを為したが、大師の通力には敵《かな》わなかった。力及ばず、『しからば、居所を与え給え』と憂いながら申したところ、大師は近江国《おうみこく》の山を我に与えられた。

そして、そこに住み替えていたところ、今度は桓武天皇《かんむてんのう》が我を追い出しにかかったのだ。勅命《ちょくめい》には背《そむ》き難《がた》いので、再び山を迷い出て、住むところもない悔《くや》しさを風に託して雲に乗り、ときどき悪心を起こしては、大風・干魃《かんばつ》となって、国土に仇《あだ》を為して憂さを晴らした。そうして、そののちにやっと、今のところに居を落ち着けたのだ。

世に賢王《けんおう》のあるときは、我等が威勢《いせい》も心に任せる。王威《おうい》が少なければ、民の力衰え、仏神の加護《かご》薄く、国土は衰弱疲弊《すいじゃくひへい》する。そのときは、同じく、我の心も言う甲斐《かい》もなくなるものとなる。賢王・賢人のあるときにこそ、我等が通力も威勢を増すのだ。……まあ、昔話はゆるゆるとなそう。まずは一献《いっこん》」

酒天童子は酒を勧めた。

童子の出す酒は気味《きみ》が悪かったが、同行していた老翁（実は住吉明神）が自前の酒を取り出して、童子に勧めた（後代にできた話では毒酒となっている）。

酔《よ》った童子が退席して少しすると、俄《にわか》に黒い雲が湧《わ》き、辺りは闇夜のごとくになった。

少しすると血腥《ちなまぐさ》い風が吹き、大地は揺れ、雷が落ち、異形変化の者たちが田楽《でんがく》に興じながら通っていった。美しい者もいれば、恐ろしい者もいる。それを頼光は目から五色の光を発して（こいつこそ妖怪だな）、追い払った。

日暮れになると、再び鬼たちが十二単《じゅうにひとえ》をまとった美しい女性に変化してやってきた。頼光たちはそれも追い払う。そして、彼らは老翁の導きで、城内を見て回った。

借《か》りた隠《かく》れ蓑《みの》を被ったため、鬼たちは誰も気付かなかった。

見て回った陋屋《ろうおく》には、都人や鄙《ひ》の人たち、老若を問わず、多くの人が押し込められていた。一旦、そこを去って南を見れば、軒近くに花橘《はなたちばな》が香り豊かに咲き誇っている。荒々しい大木の生える森の下草は茂り合い、その合間、ところどころに咲いている姫百合《ひめゆり》の花が美しい。

次に西を見てみれば、梢《こずえ》は雨に水を含み、梧《あおぎり》や楸《きささげ》の紅葉も鮮やかだ。とりどりの果実は露《つゆ》を結び、蘭菊の花は芳しく、虫の声にも心を惹《ひ》かれる。

北の方角には雪に覆われた岸辺があり、松の嵐を待つ色合いが麗しい。霜《しも》にしおれた庭

りしていた。

の菊は、秋の名残の香を漂わせ、すべてが心に留まる景色だ。

しかしながら、その美しい景色の中には、人肉の入った桶《おけ》があり、死骸《しがい》が転がっていた。

それらすべてを見た頼光たちは武具甲冑《かっちゅう》に身を固め、鬼たちの中に躍り込んでいった。雑鬼たち（ひどい言い方）を殺して進むと、酒天童子は鉄石《てっせき》でできた強固な室《むろ》の中に臥《ふ》していた。美女に手足をさすらせながら、眠りに就《つ》いている様子だ。

鉄石の扉は開かなかった。老僧（実は八幡神《はちまんしん》）と若僧（実は延暦寺《えんりゃくじ》の神霊）のふたりは祈念《きねん》して印《いん》を結んだ。途端、（またも他力本願《たりきほんがん》で）固く閉じていた扉は露と消えて寝所も崩れた。そこに討《う》ち入ってみれば、昼と違い、夜の今、酒天童子は本体を現していた。

体長は五丈（約十五メートル）。頭と体は赤、左足は黒、右手は黄、右足は白、左手は青の五色のまだらで、目は十五、角は五本あるという姿だ。

頼光たちは肝《きも》を潰《つぶ》したが、心を鎮め、早くも打ち掛かろうとした。（脳みそ、オガクズでできているんじゃないかと思うほど馬鹿な彼らを）制して、若僧が言った。

「仕損《しそん》じて、起きあがったら大ごとだ。我等四人が鬼王を取って押さえるから、各々《おのおの》は頭だけを狙って討て」

そして老翁たち四人が鬼王の手足を押さえると、酒天童子は気づいて首を持ち上げた。

「こやつらに謀《たばか》られて、我はここまでと覚える。仇《かたき》を討て！」

大音声《だいおんじょう》で叫ぶと、首を切られた鬼たちが、首のないまま起きあがって走り回った。

頼光と保昌、そして五人の兵は心をひとつにして、酒天童子の首を打ち落とした（ああ、可哀想《かわいそう》に！）。

童子の首は宙を飛んで、叫び回った。それを見て、頼光は急いで綱《つな》と公時《きんとき》に頼んで、ふたりの兜を自分の兜の上に載せた（仲間の安全はどうでもいいのか⁉）。

どうしたことかと見るうちに、鬼の首は舞い落ちて、頼光の兜の上に食いついた。

頼光は叫んだ。

「目をくじれ！」（これが正義漢のやることか）

綱と公時が素早く酒天童子の目をくり抜く。鬼王の首は動かなくなった。

頼光が兜を取ってみれば、鬼の牙《きば》はふたつの兜を食い通していた。

ほどなく、ほかの鬼もすべて殺された。

頼光たちは鬼の死体を火葬して、首を持って「鬼隠しの里」を出た。

川で洗濯をしていた老女は鬼が死んだと聞き、喜び勇んで家へと向かった。しかし、鬼王の通力《つうりき》が失せたため、既に二百年以上生きた彼女は、たちまちミイラのようになって死んでしまった。

頼光たちは神仏の化身《けしん》と互いの健闘を讃《たた》え合い、酒天童子の首を持って帰路についた。

——まったく、ひどい話ではないか。

多勢に無勢《ぶぜい》の騙《だま》し討ち。しかも、すべて他力本願。

こんなひどい連中が後世も英雄として語られるなんて、私にはまったく理解できない。

ずっと罵《ののし》っていたいところだが、ここは少し冷静になろう。そして、検証《けんしょう》に掛《か》かる前にもうひとつ、『大江山絵詞』と同時期に成立したとされている謡曲『大江山』を見てみよう。

こちらはもともと劇形式のものなので、それを踏まえて会話風にダイジェストで紹介する。

山伏に扮した頼光たちを迎えた酒天童子は、まず彼らに言う。

童子「この大江の山に籠《こも》って隠れ住んでいるのです。あなたたちがこの場所を人に言うと、私は通力を失ってしまいます」

頼光「安心して下さい。人には言いません」
童子「嬉しい、嬉しい。お願いします」
と、喜んで、酒天童子は頼光たちと酒を酌み交わす。
童子「私の顔が赤くなっても、それは酒のせいなのです。鬼などとは思わないでくださいね。恐れることなく、私に馴《な》れて頂ければ、大層、楽しい友となれるでしょう。私もそなたたちの御姿を、ちょっと見には怖く思うのだけど、馴れれば、きっと山伏は可愛らしいものだと思います」
そんなことを言って、寝所で寝てしまった酒天童子を頼光たちは殺しにかかる。
目覚めた童子は言う。
童子「情ないことだ、客僧たち。偽《いつわ》りはないと言ったのに……。鬼神に横道《おうどう》（嘘《うそ》や邪《じゃ》道《どう》）はないものを」
頼光「なに？　鬼神に横道なしだって？　嘘をつくな。天皇の土地に住んで、人を獲り、世の妨《さまた》げになっているではないか。ましてやこれは勅命《ちょくめい》だ。鬼神であっても、許しはしない。土も木も、皆、我が大君《おおきみ》のものだ。鬼の居場所などどこにもない！」
そう言って、頼光たちは酒天童子を斬り殺して、都に凱旋《がいせん》する。

――私が頼光一味を大っ嫌いだと言う理由が、ますますわかっていただけたと思う。

どう考えても、正義は酒天童子の側にある。

ふたつの話は、私が現代語訳した。だけど嘘はついてない。酒天童子は頼光たちを山伏と信じ、友達になれるかもなんて甘い期待を抱いて、歓待《かんたい》した挙《あ》げ句《く》、騙《だま》し討《う》ちに遭《あ》って殺されたのだ。

夢に出てきたウェイターが言ったとおり、確かに童子は甘くて、ちょっと気も弱い。最澄に比叡山を追われて、移り住んだ山からも追い出され、しかも、天皇の命令だからと渋々素直に従って、住む場所もなく放浪し、やっと大江山に安住したのに、結局、権力を笠《かさ》に着た馬鹿な兵隊に殺されてしまうのだ。

人を食らう鬼の姿と、酒天童子の印象は重ならない。

私はこの物語は破綻《はたん》していると考えている。

頼光たちを歓待し、友好関係を結ぼうとする童子の様子に、暴虐《ぼうぎゃく》の影は見当たらない。

『大江山絵詞』では、確かに残酷なシーンが出てくる。しかし、童子の側に立って見ると、人を攫ったただの殺しただけのという描写のほうが、私には嘘臭く思えるのだ。

酒天童子の物語を作った人は、一体、何者なのだろう。

体制側に立ち、頼光たちを英雄らしく描きながらも、作者の心は殺された鬼の側に寄り添っている――。私にはそう思われる。

「情なしとよ客僧たち。いつはりあらじといひつるに。鬼神に横道なきものを」

能の『大江山』にあるこの台詞《せりふ》は、童子をただ恐ろしい鬼として描いた『御伽草子《おとぎぞうし》』にも、そのまま残る。

鬼を悪とするならば、なくなっても不思議ではない。その台詞がなぜ、残されたのか。

いや、消すことができなかったというべきか。

消えずに残ったこのひと言こそ、古代から「まつろわぬもの」として殺されていった者たちの唯一残った叫びだ。――それゆえに残さざるを得《え》なかったのだ。

私はそう考える。


真実の酒天童子はいかなる存在だったのか。

キーワードはまず、童子という言葉にある。

「六歳までは神のうち」という言葉があるが、古来より、子供は神の世界に近い存在とされてきた。

神霊を招《まね》いて乗り移らせ、託宣《たくせん》される者を「尸童《よりまし》」というが、その字のごとく神の器《うつわ》となる人のほとんどは幼い子供だった。

社会的な責任を負う以前の子供は、むしろ異界に近く、それゆえに神にも近い、聖なる存在と見なされたのだ。

この神としての「童子」の名称・役割は、成人にも適用された。

京都に八瀬《やせ》という場所があり、そこには八瀬童子と呼ばれる人々がいる。

彼らは代々、天皇の棺《ひつぎ》を担《かつ》ぐ仕事をしてきた。それは大正天皇の崩御《ほうぎょ》のときまで続いていたのだ。

古《いにしえ》、もっとも神に近かった天皇の死を担うのは、やはりもっとも異界に近い「童子」でなければならなかったからだ。

この「童子」の持つ能力が、酒天童子にも宿っている。

異界・神に近いゆえ、酒天童子はただの鬼ではなく「鬼神」と称されたのだ。

実際、八瀬童子は酒天童子の末裔《まつえい》を名乗る。八瀬の里にはゆかりの史跡とされる場所も残っている。成人したのちも「童子」の持つ聖なる力を得た存在が、酒天童子の末裔なのだ。

『大江山絵詞』にある「鬼隠しの里」はまさに異界だ。

そこに至る途中に出てくる川も岩穴も、異界と俗世界を隔てる結界《けっかい》だ。頼光たちはそこを通って、酒天童子の居場所に辿《たど》り着いた。

ただ、この場所は単なる異界とは違う。里の描写に注意して欲しい。

まず、頼光たちの前に現れた八足《はっそく》の門は、「柱・扉ともに非常に美しく、辺りも輝くほどだった」とある。そして「四方の山は瑠璃《るり》に見まごうばかりで、地は水晶の砂をまいたような、まばゆいばかりの美しさ」だ。

酒天童子の容姿同様に、ここもまた美辞麗句《びじれいく》で飾《かざ》られている。

加えて「鬼隠しの里」は、各方位に五行《ごぎょう》を配当した美しい景色が広がっている。

五行説とは、陰陽道《おんみょうどう》の基本的な考え方のひとつ。万物を「木《もく》・火《か》・土《ど》・金《こん》・水《すい》」という五つの生成要素で表す。

それぞれには季節や方位が当てられて、木＝東・春／火＝南・夏／土＝中央・土用《どよう》／金＝西・秋／水＝北・冬に相当する。

ゆえに「鬼隠しの里」の南は、姫百合の咲く夏。西は紅葉も鮮《あざ》やかな秋。北は雪に覆《おお》われた岸辺を持つ冬となる。

景色ばかりか、酒天童子の本性も五行に則《のっと》って形容される。

即ち、頭と体は赤（火）、左足は黒（水）、右手は黄（土）、右足は白（金）、左手は青（木）。五丈の身長、十五の目、角は五本というのもすべて、五の倍数から成っている。

作者は単に恐ろしがらせようとして、童子を描いたわけではない。

酒天童子の本性は、五行を備えた異形の王だったのだ。

五行すべての徳を持つ者は、古来より、君子・天子と定まっている。そして、四季を一度に見る場所は桃源郷《とうげんきょう》・仙境《せんきょう》・理想郷《りそうきょう》とされている。

物語では、酒天童子は人肉を喰《く》らう禍々《まがまが》しい存在として殺される。しかし、その居場所は仙境で、主人である酒天童子は君子に等しい存在として描かれているというわけだ。

まったく不思議ではないか。

「鬼隠しの里」は海の桃源郷である竜宮城《りゅうぐうじょう》にもひどく似ている。

川で洗濯をしていた老女は、里の端で二百年の時を生きてきた。しかし、酒天童子の通力が失せ、里から外に出た途端、彼女はミイラのようになって死んでしまう。

誰もがここで思い出すのは、浦島太郎《うらしまたろう》の話だろう。

浦島太郎もまた、竜宮城で何百年もの時を若い姿のまま過ごし、里に戻って老《お》いて死ぬ。

「鬼隠しの里」と「竜宮城」は、共に人にとって不死《ふし》の仙境なのだ。

また、酒天童子はこうも言っている。

「世に賢王《けんおう》のあるときは、我等が威勢《いせい》も心に任せる。王威《おうい》が少なければ、民の力、仏神の加護薄く、国土は衰弱疲弊《すいじゃくひへい》する。そのときは、同じく、我の心も言う甲斐《かい》もなくなるものとなる。賢王・賢人のあるときにこそ、我等が通力も威勢を増すのだ」

つまり、朝廷側と鬼側は表裏一体《ひょうりいったい》、鏡のような存在なのだ。

五色の徳を四肢《しし》に備《そな》えた酒天童子は、鬼の国の天皇に等しい。

一方、人間界の天皇の勅命を受けた頼光も、目から五色の光を放つ。彼にもまた五行の徳があるというなら、酒天童子と頼光は鏡写《かがみうつ》しの存在なのか。

いや、頼光の上には天皇という存在がある。童子が異界の天皇ならば、頼光はその下になるだろう。

人と鬼、どちらの徳が高いのか。

話のテーマはそこにあったのか。

もう少し考えを進めよう。

ふたつの世界が鏡であるなら、鬼の国が滅びれば、王都もまた衰退《すいたい》し、滅びるのではなかろうか。

事実、物語の舞台となった時代から、百五十年後には平家《へいけ》が台頭し、平安時代は終焉《しゅうえん》を迎える。そして、『大江山絵詞』が作られた時代は鎌倉幕府滅亡後だ。

「鬼神であっても、許しはしない」

そう言って酒天童子を殺した源頼光は、結局、自分の暮らす世界、自分たちの血統を滅亡に追いやったのではなかろうか。後代、源氏の直系は滅びるが、その原因を作ったのもまた、源頼光というひとりの男だったとも言えよう。


理想郷である鬼の世界と、その王である酒天童子。

その世界が破壊され、主が悲惨な死を遂げて、人の世界も大きく乱れた。

「鬼隠し」の里の本当は、人の世を桃源郷として保つための魔法の装置だ。

そこを治めた酒天童子は賢王・賢人のあるときにこそ威勢を増す——聖人君子の出現と同時に姿を現す麒麟《きりん》にも似た、美しき童形の神霊だった。

その瑞気《ずいき》を宿した鬼神を殺し、人の世界を乱した者たちこそが、源頼光一行なのだ。

二之巻

茨木童子

一

酒天童子《しゅてんどうじ》の次に有名な鬼といえば茨木童子《いばらきどうじ》となるだろう。

一般的に、茨木童子は酒天童子の部下だと認識されている。

だが、前回までの酒天童子の物語に茨木の名前は出てこない。茨木童子が主役だとされる話にも、酒天童子は登場しない。両者が揃《そろ》うのは民間に伝わる伝承《でんしょう》のみだ。

まあ、酒天童子も茨木童子も、鬼の世界では有名かつ美形として知られた存在だ。話が噛《か》み合わないなどと言う前に、ふたりを一緒に並べてみたいと思った人がきっと沢山《たくさん》いたのだろう。

そう。茨木童子も、もちろん美形。

そして酒天童子同様に、彼の美貌《びぼう》も私の妄想《もうそう》でも希望でもなく、昔から言われていることなのだ。

というよりも、この先、俎上《そじょう》に上がる鬼たちはほぼ全員が美男か美女だ。

「鬼」は美しい生き物だ。人はその美しさゆえ、鬼を恐れたとも言っていい。

美しいものに人は惹《ひ》かれる。どうしようもなく惹かれる。けれど、あまりに綺麗《きれい》だと怖くなる。

「魅力《みりょく》」という言葉の「魅」は人を惑《まど》わすことを表している。「魑魅魍魎《ちみもうりょう》」にこの文字が含まれていることからもわかるごとくに、魅力的なものはある種の危険を孕《はら》む。だから、心惹《ひ》かれる美しさには、裏があるのではないかと人は疑う。

こんな美形が現実にいるはずはないとか、美人は性格が悪いはずだとか。凡人《ぼんじん》の僻《ひが》み根性が、麗《うるわ》しき鬼たちを悪者にしたということもあったのではなかろうか。

ともあれ、そんな感じで茨木童子も、それはそれは美しかった。

彼を主役とした物語の代表は、渡辺綱《わたなべのつな》に斬られた腕を奪還《だっかん》するというものだ。日本の伝説の中では、著名な部類に入るだろう。

話の原典は『平家物語《へいけものがたり》』屋代本《やしろぼん》「剣巻《つるぎのまき》」という書物に出てくる。

誰もが知っている『平家物語』には、実はいくつかの異本《いほん》があり、各々《おのおの》内容が微妙に異なっている。

「剣巻」は屋代本にのみあって、そこに鬼の話が記されている。

まずは、その物語を原文に沿って記してみよう。

古語に則《のっと》って訳したため、ぶっきらぼうな文章になったことは許して頂きたい。

ある晩、源頼光《みなもとのらいこう》は四天王《してんのう》のひとりである渡辺綱に一条大宮《いちじょうおおみや》への使いを頼んだ。夜陰《やいん》に及んで物騒《ぶっそう》なため、頼光は綱に「髭切《ひげきり》」と名づけられた刀を預けて、馬を用いさせた。

用を足しての帰り道、綱が一条戻橋《いちじょうもどりばし》を東側から渡っていくと、年の頃二十歳あまりの美女が、たったひとりで南へ歩いていくのが見えた。

綱が橋の西に至ると、女は馴《な》れ馴れしく語りかけてきた。

「あなたはどちらへ参るのですか。私は五条《ごじょう》辺りに住むものですが、夫もなく、ひとりで夜も更けてしまって怖いのです。送ってくださいませんでしょうか」

綱は急いで馬より飛び下り、「お乗りください」と言いながら、女を抱いて馬に乗せた。

やがて正親町《おおぎまち》小路（中立売通《なかだちうり》）へ着くと、女は綱に振り向いた。

「実は、私の住まいは五条ではなく、都の外なのです。そこまで送ってくださいませんか」

「いいですよ。どこまでもお送り致しましょう！」

調子よく綱が頷《うなず》くと、女はにわかに姿を変えて、恐ろしい鬼に変化した。

「いざ、我が行くところは愛宕山《あたごやま》ぞ！」

鬼は綱の髻《もとどり》を摑《つか》んで、乾《いぬい》（北西）を指して愛宕の方へ飛び立った。

綱は少しも騒がず刀を抜いて、鬼の腕を斬り離した。鬼はそのまま愛宕へ飛び去り、綱は北野天満宮《きたのてんまんぐう》の廻廊《かいろう》の上にどうっと落ちた。

廻廊より下り、髻に付いた鬼の腕を見てみれば、皮膚は真っ黒く、銀の針のごとき毛がびっしりと生えている。その腕を持って頼光のところに戻ると、頼光はひどく驚いて、陰陽師《おんみょうじ》・安倍晴明《あべのせいめい》を呼んだ。

「七日間、家を閉ざして物忌《ものいみ》をし、仁王経《にんのうきょう》を唱《とな》えなさい」

腕を見た晴明はそう申しつけた。

頼光はそれに従って、晴明に鬼の腕を封じさせ、綱には物忌をさせることにした。

そうして六日目の黄昏時《たそがれどき》。綱のところに、養母である伯母《おば》が訪ねてきた。

「物忌中です。明日ならお入れいたします」

綱は言ったが、伯母は聞き入れなかった。

自分がどれほど綱を慈《いつく》しんで育てたか、立派な武士となった甥《おい》を誇《ほこ》らしく思っているかを並べ立てて、彼女は嘆《なげ》いた。

仕方なく綱が扉を開けると、伯母は喜んで中に入り、いろいろ話をした後に、綱に物忌のわけを尋《たず》ねた。

綱が事情を説明すると、伯母は鬼の腕が見たいと言った。

断ったものの、またも恨《うら》み顔をされたため、綱は厳重な封じを解いて伯母の前に腕を置いた。

伯母は腕を手にとって、つくづくとそれを眺めていたが、たちまち恐ろしげな鬼の姿を現して、

「これは我が手なれば取るぞよ」

飛び上がって破風《はふ》を蹴破《けやぶ》ると、光るものとなって虚空《こくう》に消えた。

このこと以来、渡辺の家は破風を作らなくなった。

また、鬼の手を斬って以来、「髭切」は「鬼丸《おにまる》」と名を改めた。


――渡辺綱、軟派すぎるし、チョロすぎる。

一条戻橋は都の外れだ。そこを夜中に女がひとりでいること自体、不審《ふしん》だろう。

大体、一条から五条までは相当な距離がある。昔の人は健脚《けんきゃく》だったとはいうものの、平

安期に美女と称される存在ならば、労働階級ではないはずだ。なのに、そこまで歩くということ自体があり得ない。

そのことをスルーした綱は、余程の馬鹿か女好きだ。

ほいほいと馬から飛び降りて「お乗りください」とは何事か。しかも、抱きかかえて馬に乗せるなんて、あぁた……。

加えて、行き先が違うと言われ、「どこまでもお送り致しましょう」とは！

主人に頼まれた使いの帰りということすらも忘れている。その後「少しも騒がず」なんて書かれても、全然、格好《かっこよ》良く思えない。

後半、養母に化けた鬼を家に入れるところも、呆《あき》れるほかない展開だ。

この話における物忌とは、穢《けが》れに触れるなどしたときに、更なる凶事を避けるため、家に籠《こ》もって身を慎むことだ。

なのに、伯母さんに泣きつかれて戸を開けるとは何事か。美女と出会ったとき同様に、伯母がひとりで来たことを疑わないのもまたおかしい。伯母さんも美人だったのか。

綱が陥《おちい》った事態は、当代一の陰陽師・安倍晴明が物忌を指示し、腕を封印するほどの大事だった。にもかかわらず、その封印を易々《やすやす》と破った綱は阿呆《あほう》というか甘いというか、とことん世間を嘗《な》めている。

ともあれ、この程度の人間が渡辺綱であり、頼光の部下だということはおわかりいただけたと思う。

ちなみに、鬼が美男美女として描かれる半面、頼光＋四天王については、容姿に関しての褒《ほ》め言葉はない。モテたという話もないので……まあ、言いたいことはわかるだろう。

何にせよ、「剣巻」に記されたこの話は、怖い鬼の話というより、私にはトホホな綱の爆笑小話にしか思えない。

しかし『大江山絵詞』同様、「剣巻」も設定に関しては正確だ。

綱が帰路に通る一条戻橋は、実際、頼光の屋敷の側《そば》に架かっていた。もっと言うなら、頼光の屋敷は安倍晴明宅の斜向かいという位置にあったのだ。

ゆえに、相談を受けた晴明がすぐにやってくるのは不思議ではない。両者は文字通り「味噌汁《みそしる》の冷めない距離」に住むご近所さんだ。頼光は案外気安く、晴明に物事を頼んでいたのではなかろうか。

しかし、せっかくの封印をこともなげに破る綱には、頼光も頭を抱えたに違いない。

もちろん、本来の話のテーマは綱のお笑いにあるのではない。「剣巻」とのタイトル通り、この巻は名刀の由来譚《ゆらいたん》となっている。腕を斬られた鬼の話は「髭切」が「鬼丸」と改められた理由を記したものだ。

ただ、ここでもうひとつ注意して頂きたいのは、原典となった話のどこにも茨木童子の名がないことだ。

話に登場する鬼自体、最後まで名は名乗らない。美女となり、伯母に化けていることから、女の鬼ではないかと言われ、後年、茨木童子と同一視されたため、茨木童子女性説も出ている。

けれど、「童子」の女性形は「童女」か「姫」だ。戻橋の鬼が女性なら、茨木姫となるべきだろう。ゆえに本来、この話は茨木童子とは無関係だったに違いない。

少しここで改めて、「童子」の力について語っておきたい。

酒天童子の巻でも記したが、社会的な責任を負わない子供は神に近い存在だった。これにならって「童子」的な力を持ったり、力を使う人間も「童子」の名をつけて呼ばれた。彼らはその証《あかし》として、髪を結《ゆ》わない「童髪《わらわがみ》」をしていた。

髪を振り乱して奮闘努力《ふんとうどりょく》する様を指す「おおわらわ」＝「大童」という表現は、まさに成人が髪の毛を結わずに振り乱している様子を表したものだ。

古《いにしえ》、髪を結うことは、成人の証であると同時に、人間社会の道徳や規範《きはん》に則って生きる証でもあった。

なぜなら髪には霊力があり、その力は自身の魂を放埓《ほうらつ》に解き放つものでもあるからだ。そのため、神懸《かみが》かりや丑《うし》の刻詣《こくもうで》などの呪《のろ》いの場面では、髪は結わずに描かれる。

解いた髪には、神霊や魔物が宿りやすい。が、大概の人はその力をコントロールすることができないため、髪を結んでいたわけだ。

髪を結わない童子は、規範的な大人の世界には生きていない。それでいながら、強い生命力を持つことにより、神などの器《うつわ》としての役目を果たす。

つまり、童子の名を持ち、結わないままの髪を持った存在は、それだけで畏怖《いふ》すべきもの。普通の人には太刀打ちできない力を秘めた者とされたのだ。

茨木童子も同じだろう。

加えて、彼はもうひとつ、子供の力を備えている。

出生にまつわる話がそれだ。

茨木童子には出生地とされる場所がいくつかあり、それぞれ伝説が残っている。

まずは大阪府茨木市に伝わる話を見ていこう。

茨木市の伝承《でんしょう》では、茨木童子は母の胎内《たいない》で十六カ月を過ごしたのちに生まれたとされる。お腹から出たときには既に歯が生え揃《そろ》い、童子はすぐに歩き出した。母は難産で亡くなったとも、生まれた直後に、童子が母の顔を見て笑ったため、ショックで亡くなったとも伝わっている。

母親亡き後、父は母乳《ぼにゅう》を貰《もら》うため、童子を背負《せお》って村中を回って歩いた。が、茨木童子は乳を飲む量がすさまじく多かったため、母乳を与えた女たちの乳はたちまち出なくなってしまった。そのため、乳を与えてくれる人は誰もいなくなった。

仕方なく、父はある日、隣村である九頭神《くずがみ》の森に行き、森の近くに住む髪結床屋《かみゆいとこや》の前に童子を捨てた。髪結床屋の夫婦には子供がいなかったため、童子は彼らに拾われて、そこで育てられることになった。

成長するに従って、茨木童子は体格も力も大人を凌《しの》ぐほどになり、養い親にも持て余された。床屋夫婦は、そんな彼を家の仕事を教えることで落ち着かせようと努力した。

ところが。

ある日、床屋の手伝いをしていた童子は誤って、客の顔を剃刀《かみそり》で傷つけてしまう。慌《あわ》てた童子は噴《ふ》き出した血を指に取って舐《な》め取った。以来、その味が癖《くせ》になり、童子はわざと客の顔を傷つけて血を啜《すす》るようになってしまった。

当然、養父はそれを咎《とが》めた。怒られた童子は悲しくなって、近くの小川に行き、橋に凭《もた》れた。俯《うつむ》いて水面に映る己《おのれ》を見ると、すっかり鬼に変わっている。

童子は床屋には戻らずに、そのまま丹波《たんば》の山に逃げ、やがて酒天童子と出会って、その家来《けらい》となった……。

茨木童子が鬼となった自分を見た川は、既に涸《か》れてしまっている。だが、橋のほうは「茨木童子貌見橋《すがたみばし》」として跡地に碑《ひ》が立っており、童子そのものは茨木市のマスコットにもなっている。

当然ながら、茨木童子は現地の人に愛されているのだ。

茨木市に伝わるこの話は、十八世紀に記された『摂陽研説《せつようけんせつ》』に元があるという。生憎《あいにく》、原本は見てないが『摂陽研説』の茨木童子は生まれながらに牙《きば》が生え、髪も長くて眼光鋭く、大人以上の力を持った存在として記されているとか。

親に似ない子や、歯が生えて生まれてきた子は「鬼子」「鬼っ子」などと呼ばれる。

この場合の「鬼」は「普通と違う」という意味での「鬼」だが、普通が一番の人々にとって、彼らは悪しき存在だった。

特に出生時に歯が生えている子は忌避《きひ》されて、実際、近代以前の日本では殺されたり、縁起の悪いものとして捨てられたりしたという。

殺したり捨てるのが忍びない場合は、赤ん坊を辻《つじ》に置き、予《あらかじ》め約束した人に拾ってもらうこともあったらしい。

なんともひどい話だが、そうしないと子供は親に仇《あだ》をなし、本物の化け物として、人に危害を加えると信じられていたのである。

生まれてすぐに歩いて言葉を発したお釈迦様《しゃかさま》など、日本で生まれたら撲殺必至《ぼくさつひっし》だ。仏教はこの世になかったかも……という話はさておいて、本来、無垢《むく》であるゆえに神に近い赤ん坊が、成熟《せいじゅく》した大人の姿を持っていること。そこに古《いにしえ》の日本人は、尋常《じんじょう》ではない異界性《いかいせい》を見て取ったのだ。

茨木童子は典型的な鬼子だ。

酒天童子も鬼子として生まれて捨てられたゆえ、「捨て童子」が訛《なま》って酒天童子になったという説もある。

しかし幸い、ふたりの鬼は殺されることなく生き延びた。結局は捨てられてしまうにせよ、茨木童子の父親が貰い乳をして歩くくだりなど、愛情深いものすら感じる。まあ、鬼はただの化け物とは違うから、さぞや美しくて愛らしい赤ん坊だったに違いない。ふふふ。

そんな童子の父親は、わざわざ床屋の前に彼を捨てた。鬼子の風習に則《のっと》って、事前に床屋夫婦とは約束していたのかもしれない。

髪結床屋の仕事は言うまでもなく、髪を結うことにある。

少し前に、髪を結わない「童髪」の力を記したが、床屋の仕事はその逆だ。

つまり、髪を結って常識的な普通の人間にするのが床屋。茨木童子はその場所で、いわば人になる機会を与えられ、修行させられたと言っていい。

残念ながら、その成果は得られないまま終わったが、これもまた、異形《いぎょう》に手を差し伸べようとする人の思いを感じるエピソードだ。

民間伝承《みんかんでんしょう》における鬼たちは、多くの人に愛されている。

茨木童子の出身地も大阪府茨木市のみならず、京都や新潟も名乗りを上げる。

中でも有名な伝説を持つのが越後《えちご》、今の新潟県だ。

ここには茨木童子と共に酒天童子の伝説も多くある。人々の麗しき心根《こころね》をひしひしと感じられる土地柄だ。

越後の伝説によると、茨木童子は今の新潟県長岡市軽井沢《かるいざわ》の生まれとなっている。片や酒天童子は、新潟県燕市砂子塚《つばめしすなこつか》の生まれとある。

そして、越後の話では、酒天童子と茨木童子ふたりの鬼の出生と、その出会いが描かれる。

大阪の伝説における両者の出会いは、茨木童子が鬼となった後日談として、ごく簡潔《かんけつ》に記されるのだが、越後のそれにはもう少し細かいエピソードが記されている。加えて両者は当然のごとく、美形として描かれる。

その話を記してみよう。

——酒呑童子（以降は伝説の記述に従います）はもともと、外道丸《げどうまる》という名を持った国上寺《こくじょうじ》の稚児《ちご》だった。父は砂子塚の城主・石瀬俊綱《いわせとしつな》。恒武天皇《かんむてんのう》の皇子・桃園親王《ももぞのしんのう》が流罪《るざい》となってこの地へ来たとき、石瀬夫妻は従者として共に越後にやってきた。

夫婦には子がなかったため、ふたりは信濃戸隠山《しなのとがくしやま》の九頭竜権現《くずりゅうごんげん》に参拝祈願《さんぱいきがん》した。その甲《か》斐《い》あって、妻は懐妊《かいにん》したものの、子は三年間、胎内《たいない》にあった。

そののち、生まれた赤ん坊は手のつけられない乱暴者《らんぼうもの》となったため、外道丸と名付けられ、国上寺へ預《あず》けられた。

外道丸は美貌《びぼう》で知られ、多くの女性たちに恋い慕《した》われた。外道丸は応じなかったが、そのうち、彼に恋した娘が次々に死ぬという噂《うわさ》が立った。そこで彼はこれまでにもらった恋文を焼き棄《す》てようと、読まないままの文の入った葛籠《つづら》を開いた。すると異様な煙《けむり》が立ち昇り、彼は気を失ってしまった。

意識を取り戻したとき、外道丸は鬼となっていた。彼はそのまま寺から逃げ、何処《いずこ》ともなく立ち去った。

時を前後して、茨木童子も美少年として名を馳《は》せて、沢山の女性に言い寄られていた。将来を案じた母親は、彼を弥彦神社《やひこじんじゃ》に預けた。しかし、あるとき、神社から実家に戻った童子は、行李《こうり》の中に母が隠した「血塗《ちぬ》の恋文」を見つけてしまう（どんな内容かは話にないが、血で思いを綴《つづ》るほど、真剣かつ生々しいものであったに相違《そうい》ない）。

その血を指でひと舐めしたところ、童子の形相《ぎょうそう》はたちどころに変わった。鬼となった茨木童子は、そのまま家の梁《はり》を伝って破風《はふ》を壊して逃げていった。

のちに茨木童子は酒呑童子と出会って、その弟分になる。

ふたりは意気投合し、周囲の村々を襲っていった。噂を聞いた茨木童子の母親は、彼が身につけていた産着《うぶぎ》を着て、童子の前に立った。すると、思うところのあった童子は「二度とこの地を踏まぬ」と約束し、酒呑童子と共に戸隠山の方へ姿を消し、やがて大江山《おおえやま》に移り住んだ。


右の話は、国上寺と弥彦神社に伝わる話と郷土資料を参考に、私がひとつにまとめたものだ。

資料によって結末などに違いはあるが、大筋はほぼ変わっていない。

原典となる古典に則《のっと》らず、民間伝承に目を向けると、いきなり鬼たちは生き生きとしてくる。

酒呑童子の外道丸という幼名と言い、稚児という設定と言い、かなり耽美《たんび》な感じだし、茨木童子と出会い、共に去っていくというストーリーもいい感じだ。

忌避されるべき鬼の姿は、この話には見当たらない。両者は確実に愛されている。

実際、越後一宮《いちのみや》である弥彦神社の辺りには「茨木」姓《せい》が多くあり、それらの家では節分に豆を撒《ま》かないと伝わっている。加えて、家の屋根に破風を造ると、乱暴な子が生まれるとされ、破風を造らない風習もあるという。

また、弥彦神社には酒呑童子と茨木童子が相撲《すもう》を取ったとされる場所があり、茨木童子を祀《まつ》る祠《ほこら》も立つ。

茨木童子はこの辺りに住む茨木家の祖先として、大切にされてきたのだろう。

一方、燕市の国上山《くがみやま》の麓では、近年「越後くがみ山酒呑童子行列」が開催され、毎年、多くの人で賑《にぎ》わっている。

また、いつ祀られたかは不明だが、国上には酒呑童子神社があり、縁結びの神として地元で信仰されている。

その他にも周辺には童子屋敷、童子田などの地名や、自分の姿を映したという「鏡井戸《かがみいど》」などが残っている。

また、南に下がった長岡市の鬼倉山《おにくらやま》には、酒呑童子と茨木童子が共に暮らしたという岩屋（洞窟《どうくつ》）が現存する。

——なんというか、越後は本当に鬼密度《おにみつど》の高い土地柄だ。

ちなみに、国上寺は元明天皇《げんめいてんのう》和銅《わどう》二年（七〇九）、弥彦大神の託宣《たくせん》により建立され、弥彦神社の本地《ほんじ》となっている。ふたりの鬼は、共に弥彦神社にゆかりがあると見ていいだろう。

二

弥彦神社には弥三郎婆《やさぶろうばば》という女鬼の伝説もある。

茨木童子からは離れるが、弥彦神社と鬼といった繋《つな》がりで、ちょっとここに記してみたい。

これもまた物語にはいくつかのバリエーションがあるのだが、一般的なところを記そう。


昔、弥三郎という親孝行な猟師《りょうし》が住んでいた。しかし、母親は残虐《ざんぎゃく》で、村人たちからは鬼婆として恐れられていた。それでも弥三郎は母親だと思って世話をしていたが、母は新しい墓《はか》ができると、それを暴《あば》いて死体を喰らった。

ある秋の夜更《よふ》け、弥三郎は家に戻る途中で、突然、怪物に襲われた。夢中で腰の鎌《かま》を抜き、その片腕を斬り落とす。怪物はそのまま逃げ去った。

その腕を持ったまま弥三郎が家に戻ると、寝ていた母が起きてきて、「これは俺の腕だ」と言いざま、腕を摑《つか》んで飛び出していった。

その後、弥三郎婆は弥彦山を根城にして墓から死体を掘り返したり、子供を攫《さら》って喰らったりした。

そうして二百年ほど経ったのちの保元元年《ほげんがんねん》（一一五六）。弥三郎婆は典海阿闍梨《てんかいあじゃり》という高僧に諭《さと》され、罪《つみ》を悔《く》いて妙多羅天女《みょうたらてんにょ》という神になった……。


話を読んで、おや？　と思った人も多かっただろう。

腕を切られた鬼婆がそれを取り戻して去るシーンは、戻橋《もどりばし》の鬼女そのままだ。

大江山の伝説も戻橋の話も、元は京都を舞台にしている。なのになぜ、越後——それも弥彦神社の周辺に鬼の話が散らばっているのか。

資料の時代から言えば『大江山絵詞』と『平家物語』のほうが古い。それを越後に持ってきた理由とは、一体、なんなのか。

「越後の人は鬼好きで、弥彦神社で鬼が大ブレイクしたからだ！」

と、言いたいのは山々なのだが、ここは少し冷静になろう。

越後における二童子の伝説の舞台は三つある。弥彦・国上・戸隠だ。

特に戸隠に祀られた九頭竜権現は、酒呑童子と茨木童子両者に関わりがある。

酒呑童子はズバリ戸隠の九頭竜権現に参拝祈願して授かった子だ。稚児として預けられた国上寺を「くがみ」＝「九神」とすれば、これまた繋がりを感じる名となる。また、茨木童子の伝説でも、彼は「九頭神」の森近くに捨てられている。

弥彦山と戸隠は、共に著名な修験道《しゅげんどう》の聖地だ。

修験道は山を聖域として籠もり、厳しい修行をすることで悟《さと》りを得ようとする宗教だ。なので、酒呑童子がそこの稚児になったと言っても、女と見まごう美少年というよりは、持て余《あま》す体力を山で発散するようなマッチョで体育会系の子供だったのかもしれない。

茨木童子も同様だ。ふたりはウィーン少年合唱団（古い！）というよりは、ヴィジュアル系ロックバンドみたいな感じだったのではなかろうか。

越後の伝説によると、酒呑童子と茨木童子はどちらも元は人間で、女性の愛欲に脅《おびや》かされることで鬼になっていく。

修験道は神仏習合《しんぶつしゅうごう》なので、このエピソードには仏教の不邪婬戒《ふじゃいんかい》などの影響もあるのかもしれない。もちろん、ふたりが女嫌いという話にもできるのだけど……話の趣旨《しゅし》が変わってくるので、ここはそっとしておこう。

また、修験道というのなら、その開祖《かいそ》となった役行者《えんのぎょうじゃ》との関係を見ることもできよう。

役行者は前鬼後鬼《ぜんきごき》というふたりの鬼を従えている。

彼らはもともと人に災いをなす存在だったが、のちに役行者の従者となった。前鬼後鬼は夫婦とされるが、酒呑童子と茨木童子も……えー、ここもまた、そっとしておくか。いや、茨木童子女性説もあるんだし……やっぱり、いいや。

ともあれ、修験道の聖地で語られる二童子には、前鬼後鬼同様、道の守り手としての姿があるのかもしれない。

違いは、二童子には役行者役となる人がなく、トップが酒呑童子という鬼そのものであることだ。

民間に伝わる伝承は、古くても江戸時代のもの。既に「酒天童子」は「酒呑童子」となっており、鬼神としての神々しさは薄《うす》れている。

だから、単に暴れまわるし、人にも害をなす。

けれど、従順で道徳的なイイコになりきらないからこそ、彼らはある意味、人間臭く、親しみやすい存在となった。

各地に残る鬼伝説は、鬼を愛する人々が、愛《いとお》しむべき存在として語り伝えたものなのだ。

三之巻

鬼女紅葉

一

平安時代。

奥州会津《おうしゅうあいづ》に、伴笹丸《とものささまる》という男が菊世《きくよ》という妻と暮らしていた。

夫婦には子がなかったが、ある人の勧《すす》めによって第六天魔王《だいろくてんまおう》に祈ったところ、ほどなく懐妊《かいにん》。玉のごとくに美しいひとりの女児を授《さず》かった。

呉葉《くれは》と名づけられたその娘は、美しい上に利発《りはつ》で、書や和歌、特に琴《こと》を弾くことに秀《ひい》で、長じるに従って近隣の評判となっていった。

求婚者は後を絶たなかった。地元の豪農《ごうのう》の息子・源吉《げんきち》も呉葉を見初《みそ》め、恋に悩むうち病となった。事情を知った源吉の両親は多くの持参金を包んで縁組を迫るが、呉葉もその二親も結婚には乗り気にならなかった。

殊《こと》に父である笹丸には不服があった。彼は都で立身出世《りっしんしゅっせ》したいという望みをもっていたからだ。そのため彼は、絶世の美女となった娘を都の貴族に嫁がせたいと願っていた。

笹丸がその旨《むね》を娘に伝えると、呉葉は突然、秘文《ひもん》を唱え、己《おのれ》と寸分違わないもうひとりの「呉葉」を出現させた。

第六天魔王の申し子である彼女は、いつしか魔王の妖術《ようじゅつ》をその身に体得《たいとく》していたのだ。彼女はそれで「一人両身」の法を操《あやつ》り、己の分身を作り出した。

呉葉はその分身を源吉に嫁がせ、多額の持参金を手にすると、親子三人、京へと発《た》った。源吉に嫁いだ分身は暫《しばら》くの間はそのままだったが、ある日、突如現れた雲に飛び乗って消えてしまった。源吉はひどく慌《あわ》てたが、二度と呉葉の居所を突き止めることはかなわなかった。

一方、親子はそれぞれ名を変えて都に上った。笹丸は伍輔《ごすけ》、菊世は花田《はなだ》、呉葉は紅葉《もみじ》と名を改めた。そして持参金を元にして、四条通《しじょうどおり》で髪飾《かみかざ》りや履物《はきもの》を扱う店を営んだ。

紅葉はその仕事の合間に、人々に琴を指南《しなん》した。やがて、彼女の美貌《びぼう》と琴の腕は京でも知られるようになり、店も大層繁盛した。

天暦《てんりゃく》七年（九五三）、夏の夕方のこと。

源経基《みなもとのつねもと》の御台所《みだいどころ》が、紅葉の琴の音に足を止めた。一曲所望《しょもう》する御台所に紅葉は謙遜《けんそん》しながらも、第六天魔王の加護《かご》を祈って琴を弾いた。音色に魅《み》せられた御台所は、そのまま紅葉を召《め》して侍女《じじょ》とした。

屋敷に上がった紅葉の美貌と琴の評判は、時を置かず経基の耳にも入った。経基は紅葉を宴席《えんせき》に呼び、御台所同様、琴を所望した。紅葉は再び第六天魔王に祈り、結果、彼女は経基の寵愛《ちょうあい》を受ける身になった。

経基は紅葉を大層寵愛したが、その頃から御台所は正体不明の病に苦しむようになってしまった。しかも、夜半丑《うし》三《み》つ時《どき》になると、御台所の枕元に鬼が現れて責《せ》め立てるのだ。不審《ふしん》に感じて、比叡山《ひえいざん》の僧侶《そうりょ》に頼んで加持祈禱《かじきとう》を行うと、僧侶は病の原因は魔物の邪術《じゃじゅつ》にあるとして、数枚の護符《ごふ》を手渡し、言った。

「この護符を看病する者の襟《えり》にかけよ。さすれば悪魔は退散する。だが、拒《こば》む者があれば怪《あや》しき者と疑え。特に紅葉には注意せよ」

言葉を伝え聞いた経基は紅葉に嫌疑《けんぎ》をかけられて、当初は大層、怒った。が、家臣の強い勧《すす》めもあって、念のために護符を配った。

ところが、紅葉だけは言を左右して、頑《かたく》なに護符をかけることを拒んだ。さすがに怪しんだ経基が紅葉を捕らえて問い詰めると、紅葉は自分が奥方に呪《のろ》いをかけたことを白状した。

本来ならば、死罪となるところだが、一度は寵愛を受けた身だ。また既に経基の子を身《み》籠《こも》っていたために、紅葉は罪を減じられ、配流《はいる》となることと定まった。場所は隠《かく》すことに縁《ゆかり》のある土地ということで、戸隠《とがくし》の山中に決められた。

天暦十年（九五六）、十九歳で、紅葉は親子ともども流罪《るざい》となった。

罪人として引き立てられて、戸隠に放置された親子は川を遡《さかのぼ》って歩いていった。

やがて、水無瀬《みなせ》という山里に出た。

そこで出会った里人に、紅葉は告げた。

「わらわは都の者である。御台所の嫉妬《しっと》によって、故《ゆえ》なく追放の憂《う》き目にあって、こうして、この地に流されてきた」

里人たちは素直に紅葉に同情し、食べ物などを運んで世話をした。

紅葉は大層喜んで、呪力の宿った檜扇《ひおうぎ》にて里人たちの病を占い、まじないを用いて彼らを癒《い》やした。

また、裁縫《さいほう》や琴の手ほどきもしたために、次第に里の人たちは紅葉を尊《たっと》ぶようになり、内裏屋敷《だいりやしき》という御殿《ごてん》を建てて不自由のないようにした。

紅葉はそこでしばし平和に暮らしたが、京への思いは残っていた。

やがて子が生まれ、経基から一字を取って経若丸《つねわかまる》と名づけると、なおさら京への未練《みれん》が募《つの》った。

紅葉は内裏屋敷の東を東京《ひがしきょう》、西を西京《にしきょう》などと呼び、清水・二条・三条・四条・五条など、里に京所縁《ゆかり》の地名をつけた。また東京には加茂神社《かもじんじゃ》、西京には春日神社《かすがじんじゃ》を建てて京を偲《しの》んだ。

同じ頃、平将門公《たいらのまさかどこう》配下の子孫を名乗る鬼武《おにたけ》・熊武《くまたけ》・鷲王《わしおう》・伊賀瀬《いがせ》という男たちは、一団を組んで近隣の村を荒らし回っていた。

紅葉の噂を聞きつけた彼らは水無瀬の里にも押し入ってきたが、あっさり紅葉の呪術に敗れ、彼女に従うことを選んだ。

京への思いが断ち切れず、またひと目、子供を経基に見せたいと願う紅葉の心は、そうこうするうち、次第に荒《すさ》んだ。

やがて紅葉は鬼武たちと共に荒倉山《あらくらやま》に拠点《きょてん》を移し、京へ戻る資金を得《え》るため、夜な夜な付近の村々を荒らすようになっていった。

その所業を知った父・伍輔が心労のために没すると、紅葉の心はますます荒れた。

逆に噂を聞きつけて、新たに配下となる者もいた。

その中に、お万《まん》という若い女の鬼がいた。

紅葉の側近となったお万は女性ながら怪力無双《かいりきむそう》、凶暴《きょうぼう》で、一夜のうちに数十里を駆《か》けるという俊足《しゅんそく》の持ち主だった。遠国で盗んだ米俵を五、六俵担《かつ》いで、一晩で戻ったとも伝えられている。

安和《あんな》二年（九六九）七月のこと。

紅葉の噂は、遂に冷泉天皇《れいぜいてんのう》の耳に達した。

天皇は平維茂《たいらのこれもち》を信濃守《しなののかみ》に任《にん》じ、紅葉征伐《せいばつ》の勅命《ちょくめい》を下した。

平維茂は平将門を討った平貞盛《たいらのさだもり》の養子。つまり、鬼武たちにとっては仇敵《きゅうてき》の子となる。そうと知った鬼武たちは紅葉と共に戦《いくさ》に備えた。それを嘆《なげ》いた紅葉の母は、戦が始まる前に自害《じがい》した。

維茂はまず塩田《しおだ》（上田市）笹平《ささだいら》に陣《じん》を構えて、様子を探った。妖術によって既に敵の居所を察知していた紅葉らは、美しく装って軍を迎え、毒の酒を勧めた。が、維茂はこれを見破って、地形を探って一度戻った。

次に維茂は先遣隊《せんけんたい》を向かわせたが、裾花川《すそばながわ》まで進軍すると、突然、暴風《ぼうふう》が起きて火の雨が降り、ひとたまりもなく押し返された。

再度、送り込んだ軍もまた、氷玉、火玉、洪水という紅葉の術に翻弄《ほんろう》されて、あえなく敗退してしまった。

そこで維茂は別所《べっしょ》の北向観音《きたむきかんのん》に籠《こも》って願をかけ、七日間の断食《だんじき》をした。満願の日、白髪の老僧が夢に現れ、維茂の手を取り白雲に乗せ、紅葉の籠る岩屋を示した。そして「降魔《ごうま》の利剣《りけん》」を授けた。

目が覚めてみると、維茂は実際に剣を手にしていた。その剣を持して、維茂は自ら戸隠へと向かっていった。

しかし地形は複雑で、紅葉の居場所は摑《つか》めなかった。窮《きゅう》した維茂は八幡大菩薩《はちまんだいぼさつ》に祈願《きがん》しながら矢を放った。その矢の飛んだ方へ向かうと、荒倉山の麓《ふもと》へ出た。紅葉の棲《す》む岩屋を見つけ、三度、維茂は紅葉に挑んだ。

紅葉はまたも術で退けようとしたものの、降魔の利剣に目がくらみ、まったく力が出なかった。

危険を感じた紅葉は、鬼武たちに逃げるように勧めた。が、彼らは潔《いさぎよ》く散ることを望み、せめて一矢《いっし》報いんと、打って出ては討ち取られていった。

維茂は大弓に剣をつがえ、矢として紅葉に向かって放った。矢は見事、紅葉の右肩に命中。紅葉は鬼の形相《ぎょうそう》となり、空に舞い上がって炎を吐《は》いた。

しかし、突如、黄金の光が空を覆《おお》って紅葉を照らすと、紅葉はどうと地面に落ちた。

維茂はその首をすかさず刎《は》ねて、遂に紅葉は討ち取られた。

配下も大方討ち取られ、生き延びた者は皆逃げた。紅葉の息子も自害した。

鬼のお万は逃れたが、血にまみれた手足を洗ううち、無常を感じて、戸隠の勧修院《かんじゅいん》にて得度《とくど》した。

そして、亡き人たちの供養《くよう》を続けて修行を積み、己の心が善人に立ち戻ったと知ったとき、首を落として自害した。

一説では、維茂も戦で深い傷を負い、ほどなく当地で没したという。


——以上が信濃の戸隠に伝わる「鬼女紅葉《きじょもみじ》」の伝説だ。

一読、前回までの伝説とは趣《おもむき》が違うのがわかるだろう。

実はこの話、原典がどこにあるのかわからないのだ。

観世信光《かんぜのぶみつ》作の『紅葉狩《もみじがり》』という謡曲《ようきょく》があるのだが、これと、戸隠に伝わる伝説とどちらが古いのか判明しない。

また、戸隠に伝わる伝説の原典もはっきりしていない。

仕方ないので『戸隠譚　歴史と伝説』（宮沢嘉穂《よしほ》著　戸隠史説刊行会発行）をもとに、いくつかの資料を当たって物語にまとめてみた。

戦のシーンにはバリエーションがあるのだが、全部を記すのも煩雑《はんざつ》なので、多く採用されているエピソードを繫《つな》げて紹介した。

こう記すと、ただのお伽噺《とぎばなし》と思う人もいるだろう。

だが、あにはからんや。戸隠には、鬼女紅葉にまつわる史跡が今でも多数存在している。そして紅葉の話のみならず、戸隠にはいくつもの鬼の足跡が残っているのだ。

何かある……と思わずにいられないのが、この土地だ。

二

前の巻にて取り上げた新潟県の伝説では、茨木童子《いばらきどうじ》は「九頭神《くずがみ》の森」に捨てられ、酒呑童子《しゅてんどうじ》は戸隠山の九頭竜権現《くずりゅうごんげん》に参拝祈願《さんぱいきがん》して授かった子となっていた。

少なくとも、隣接する新潟から見たときの長野――特に戸隠は鬼が棲《す》むに相応《ふさわ》しい場所だったということだ。

偏見《へんけん》があったという話ではない。

実際、戸隠周辺には鬼の話が多くあり、地元の人々はその伝説を今も大切に守っている。

その筆頭が、九頭竜さんだ。

九頭竜権現（または大神）は戸隠神社奥社《おくしゃ》に祀《まつ》られる龍神とされ、人気の高い神様でもある。しかし、鎌倉中期に記された『阿裟縛抄諸寺略記《あさばしょう》』（一二七五年頃成立）では、なんと！　九頭竜大神は「龍」ではなく「鬼」であると記されているのだ！

概略《がいりゃく》はこうだ。

――嘉祥《かしょう》二年（八四九）頃、飯縄山《いいづなやま》に籠もった学問行者が独鈷《とっこ》を投げて、向かった先を訪ねると、大きな石窟《せっくつ》に行き着いた。行者がその石窟で法華経《ほけきょう》を誦《ず》していると、南のほうから九つの頭と龍の尾を持つ鬼が姿を現した。

行者は大磐石《だいばんじゃく》で鬼を封じた。鬼は法華経の功徳《くどく》によって善神となり、水の神としての信仰を得た……。

つまり九頭竜さんは龍ではなく、「九頭竜」という名の鬼だったのだ。

この伝説は、平安時代前期が舞台となっている。これをそのまま信じるならば、九頭竜さんのほうが酒天童子よりも古い鬼ということになる。

ゆえに酒天童子が九頭竜権現の申し子であることに不思議はなく、鬼に祈願して授かった子が鬼の頭領になることも、あったりまえ、ということになる。

また『阿裟縛抄諸寺略記』自体も、酒天童子を最初に描いた『大江山絵詞《おおえやまえことば》』より百年以上古い資料だ。

伝説でも、伝説を記した資料の成立においても、九頭竜さんのほうが先輩なのだ。

ついでなので、紅葉さんを授かるために伴笹丸（伍輔）夫妻が祈願した第六天魔王についても記しておこう。

第六天というのは別名「他化自在天《たけじざいてん》」と言い、仏教における天の内、欲界の最高位を指す世界のことだ。この世界に生まれた者は、他人の楽しみを自由に奪って自らの物とすることができるという、超羨《ちょううらや》ましい境遇《きょうぐう》にある。

そこの王である魔王のお名前は「自在天王《じざいてんのう》」。本来は魔王の名のとおり、仏道修行を妨《さまた》げる存在であるのだが、自在天王は天界・人間界・地獄界を問わず全世界に楽しみを与え、衆生《しゅじょう》が楽しむことを楽しむという奇特《きとく》なお方だ。現世利益《げんせりやく》の祈願には、抜群《ばつぐん》の力を発揮する。

ゆえに、紅葉さんの両親が第六天魔王に祈願するのは妥当《だとう》なのだが、やはり魔王だけあって、鬼に近い――人には分不相応《ぶんふそうおう》な能力を紅葉さんに与えてしまったというわけだ。

この紅葉さんが最後まで暮らした地域は、鬼の大先輩・九頭竜さんがいる戸隠神社奥社の南西に当たる。

ここは以前、水無瀬《みなせ》の里と呼ばれていたが、紅葉さんが死んだことにより、鬼のいない里、即ち鬼無里《きなさ》と呼ぶようになったとか。

だがしかし。

驚くなかれ。この鬼無里には紅葉伝説よりもっともっと前、九頭竜さんよりも昔の、なんと、飛鳥時代に遡《さかのぼ》る鬼伝説が残っているのだ。

長野市商工会戸隠・鬼無里支所のホームページより、その伝説を引用しよう。

――昔むかし、天武天皇《てんむてんのう》は信濃遷都《しなのせんと》を計画し、三野王《みののおおきみ》、小錦下采女臣筑羅《しょうきんげうねめのおみつくら》らを信濃に遣わしました。使者は信州各地を巡視《じゅんし》して候補地を探し、水内《みぬち》の水無瀬こそもっとも都にふさわしい地相をそなえた山里だということになりました。そこでこの地の図を作ってたてまつり、天皇に報告しました。

これを知った土着の鬼どもは大いにあわて、「都など出来たら俺達の棲《す》み家《か》がなくなってしまう」「都が出来ぬよう、山を築《きず》いて邪魔《じゃま》しよう」と、すぐさま一夜で山を築いてしまいました。

これでは遷都は出来ません。鬼を憎んだ天皇は、阿部比羅夫《あべのひらふ》に命じて、鬼どもを退治させました。

この時から、この山里に鬼は居無《いな》くなり、鬼無里と呼ばれるようになりました。

鬼が移動させたという山は、一夜山《いちやさん》と呼ばれて実在している。維茂軍《これもちぐん》を阻《はば》むため、紅葉さんが山を移動したという伝説もあるが、これはどちらでもいいだろう。要は鬼が築いた、または移動させたのが一夜山だ。

荒唐無稽《こうとうむけい》な話だが、伝説には事実が潜《ひそ》む。

実際、『日本書紀』天武天皇十三年（六八四）にはこんなことが記されてるのだ。

「庚辰《かのえたつ》（二月二十八日）に、浄広肆広瀬王《じょうこうしひろせのおおきみ》・小錦中大伴連安麻呂《しょうきんちゅうおおとものむらじやすまろ》、及び判官《まつりごとひと》・録事《ふびと》・陰陽師《おんみょうじ》・工匠等《たくみども》を畿内《うちつくに》に遣《つか》して、都つくるべき地《ところ》を視《み》占しめたまふ。是《こ》の日に、三野王、小錦下采女臣筑羅等を信濃に遣して、地形《ところのありかた》を看しめたまふ。是の地に都つくらむとするか」

つまり、天武天皇は都を造るため、陰陽師や技術者たちに畿内を検討させると同時に、三野王（美濃王などとも記す。橘諸兄《たちばなもろえ》の父とは別人）、小錦下采女臣筑羅などの壬申《じんしん》の乱《らん》に功績《こうせき》のあった臣下を信濃に派遣して、これまた検討させているのだ。

遷都という話ではない。

天武天皇は陪都《ばいと》――今でいうなら副都心計画あるいは政令指定都市計画《せいれいしていとしけいかく》を持っており、実現には至らなかったものの、藤原京《ふじわらきょう》のほか難波《なにわ》にも宮都《ぐうと》を造ろうと計画している。ゆえに『日本書紀』に書かれた一文も、政令指定都市計画の候補地を検討するという内容だ。

だが、なぜ、突然「信濃」なのか。

『日本書紀』の記録者も、

「この地に都を造ろうとでもいうのかね？（んな馬鹿《ばか》なー）」

と、公文書に私感《しかん》を加えてしまったほど、これは突飛《とっぴ》なことだったのだ。

しかし天武天皇とその皇后《こうごう》であった持統天皇《じとうてんのう》は、並々ならぬ関心を信濃に抱いていたようだ。

……なんだか、鬼とは関係なくなってきてしまったが、ここは心の赴《おもむ》くままに脱線させていただこう。

天武天皇亡き後、皇位を継《つ》いだ持統天皇は、即位後、天候不順《てんこうふじゅん》を宥《なだ》めるために各地の神社に勅使《ちょくし》を送る。

『日本書紀』持統天皇五年（六九一）八月の項には、「竜田風神、信濃の須波《すは》、水内等の神を祭らしむ。」と記されている。

「竜田風神」は、奈良県生駒郡《いこまぐん》にある龍田大社《たつたたいしゃ》だ。「信濃の須波」は長野県の諏訪大社《すわたいしゃ》。

「水内」については、いまだ定説とされる神社はない。が、その候補地のひとつとされるのが、古くは水内《みのち》郡にあった戸隠神社と言われている。

実際、戸隠神社側の資料には、同年、持統天皇が勅使を派遣され、「犀角笏《さいかくのしゃく》」が奉納《ほうのう》されたという記録がある。そして、その笏は文化財として、今に至るまで残されているのだ。

生憎《あいにく》、神社の資料には『日本書紀』からの引用と見なされる箇所《かしょ》があるために、笏が本当に持統天皇期のものなのか、後付けで権威《けんい》が付与されたのか、真偽のほどは確定できない。

しかし、戸隠にて「犀角笏」とされる牙笏《がしゃく》は、法隆寺《ほうりゅうじ》や正倉院《しょうそういん》など、日本に五枚しか現存していない。かの正倉院に納められるほどの貴重な笏の一枚が、紅葉の流刑地《るけいち》とされた戸隠にあるのは事実なのだ。

また、天武天皇が信濃に宮都を造ろうと考えていたことも確かだ。

それが実現に至らなかったのは、「土着の鬼ども」が山を動かし、邪魔したためとなっている。

しかし、この話はちょっとおかしい。

戸隠の地図を眺めてみると、一夜山は東北に延びる戸隠連峰《とがくしれんぽう》の先端に位置する。関西方面から鬼無里に来るには、ほとんど障害にもならない場所だ。

唯一、この山が邪魔となるのは、戸隠神社奥社である九頭竜社から戸隠山に登って尾根《おね》伝いに南下して、鬼無里に至ろうとする場合のみだ。

このルートを使うのは戸隠にいた行者、即ち修験者《しゅげんじゃ》以外にはないだろう。うがった考え方をしてみるならば、鬼無里に侵入しようとした都人は戸隠修験の力を借りて、この地に至ろうとしたのではないか。

また、紅葉が山を動かして、維茂軍を阻んだのだというならば、維茂軍も戸隠修験の協力を仰《あお》いでいたと言えるだろう。

戸隠の行者と鬼無里、つまり、九頭竜という鬼を頂く勢力と鬼無里の鬼は対立していたのだろうか。

それはわからない。けれど、「水内社」への貴重な笏の奉納を通して、持統天皇は戸隠と繋がっていた可能性はある。そして、その素地《そじ》となったのが、夫である天武天皇の信濃陪都計画という可能性もあるだろう。

もっと想像を広げるならば、天武天皇は「九頭竜」という存在を通して、戸隠と接触したのかもしれない。

奈良県の宇陀《うだ》には九頭《くず》神社がある。この神社は宇陀周辺と吉野に勢力を持っていた国栖《くず》族《ぞく》の痕跡《こんせき》とされている。

国栖族は土着の民であり、天津神《あまつかみ》系からすれば鬼の部類となる一族だ。

しかし、吉野の里には即位前の天武天皇が吉野に滞在した折に、彼らの助力を得ることができ、それによって壬申の乱を成功に導いたという伝説がある。

もしもそれが事実なら、天武天皇は国栖と九頭の繋がりを示して、戸隠に根を張る勢力に近づこうとしたのではないか。

また、国栖族をはじめとする国津神《くにつかみ》系の人々に受け入れられるような要素が、もともと天武天皇にあったという可能性もある。ならば、国栖族を介さずとも、鬼としての九頭竜を祀る一族に近づく術《すべ》はあっただろう。

いずれにしても一夜山の位置を見る限り、都の勢力は戸隠を頼みとしていたとしか思えない。

戸隠神社に持統天皇の故事が残るのも、ゆえあることと思われる。

持統天皇には悪い評価もあるけれど、彼女が夫の残した事業を継承《けいしょう》しようとしたことは確かだ。

天武天皇は愛する妻に、信濃陪都計画を熱く語っていたのかもしれない。

それら古代の夢は、うっすらと紅葉伝説にも影を落としている。

この巻の前半で、私はこう記している。

「紅葉は内裏屋敷の東を東京、西を西京などと呼び、清水・二条・三条・四条・五条など、里に京所縁の地名をつけた。また東京には加茂神社、西京には春日神社を建てて京を偲んだ」

普通に読めば、都に対する紅葉の思慕《しぼ》を表現するための挿話《そうわ》だ。が、実際、鬼無里にはこれらの地名と神社が今に残っている。

東京・西京・加茂神社・春日神社だ。

そして、紅葉伝説とは別に、各地名と神社には、天武天皇に遣わされた三野王が関わっているという話がある。

三野王は下見の際に地名を改め、東京に日本武尊《やまとたけるのみこと》の石矢を納め、加茂神社を建てたとされているのだ。

この伝承を受け入れるなら、鬼無里の人々は三野王をある程度は受け入れて、去ったのちも、地名や神社を大切に守り伝えたということになる。

あるいは陪都計画の話を聞いて、すっかりその気になった里人が早手回しに地名や神社を調《ととの》えたとも考えられよう。

つまり政令指定都市計画が持ち上がって、地元は大盛り上がりに盛り上がったのに、結局、実現には至らなかった……という、オリンピック誘致のような展開も考えられるのだ。

現実的には、この説のほうが説得力があるかもしれない。が、それでおしまいにしてしまうには、「鬼無里」という地名がひっかかる。

鬼がいないから鬼無里、という由来の前提には、過去に鬼がいなくてはならない。最初から鬼がいないなら、わざわざそんな地名はつけまい。

ならば、やはり、この地には都にとっての鬼「まつろわぬもの」たちがいたに違いない。

そして京都に因《ちな》んだ地名は、紅葉を代表とする彼らがここを「鬼の都」として調えた証《あかし》なのではなかろうか。

実は、紅葉の父である伴笹丸（伍輔）は、応天門《おうてんもん》の変で失脚し、伊豆に流された伴善男《とものよしお》の末裔《まつえい》と考えられるのだ。

会津《あいづ》には、大赦《たいしゃ》によって流刑を解かれた伴善男が、辿《たど》り着いたとの伝説がある。紅葉が会津で生まれたのも、理由のないことではない。

第六天魔王の力を借りずとも、紅葉には都を追われた伴――即ち大伴氏《おおともし》の血、そして「まつろわぬもの」の代表とも言うべき、東北の鬼たちの血が流れていたのだ。

また、紅葉伝説中、平将門公《たいらのまさかどこう》に繫がる男たちが配下にいたのを憶えていよう。将門公は新皇《しんのう》を名乗り、東国に都を造ろうとした。

奥州の蝦夷《えみし》も将門公も、共に都から見れば、恭順《きょうじゅん》を示さぬ悪者だ。

そんな彼らが鬼無里にいたということは、偶然とは思えない。

もしかすると、この土地は紅葉よりずっと前、天武天皇以前から鬼の王国だったのではあるまいか。

九頭竜はもとより鬼だ。

紅葉という美しい鬼もきっといた。

天武天皇の計画を阻んだ、鬼と呼ばれる何者かもきっと鬼無里にはいただろう。

人の王国と鬼の王国。

鏡写《かがみうつ》しのふたつの世界は、酒天童子の「鬼隠しの里」と同じ構図だ。

だが、為政者はそれを許容《きょよう》できない。

だからこそ、鬼無里もまた都人にとっての脅威《きょうい》となり、将門公を討《う》った平貞盛《たいらのさだもり》の養子・維茂《これもち》が、紅葉征伐に駆《か》り出されたのだ。

四之巻

鈴鹿御前

一

何度でも言うが、鬼は美形だ。

仏教的な地獄に出てくる鬼や、その影響を受けた近世の鬼、また、下っ端の鬼は残念ながら醜悪《しゅうあく》な姿の者も多い。だが、物語の主役を張るような力の強い鬼は美しい。実際、酒《しゅ》天童子《てんどうじ》はもちろんのこと、茨木童子《いばらきどうじ》も紅葉《もみじ》さんも皆美しかったではないか。

怖《こわ》い姿に描かれるのは、人が化した鬼。即ち、般若《はんにゃ》の面に象徴されるごとき心の闇《やみ》を表したものだ。

しかし、ここでは人間の醜悪な心なんて扱わない。そんなことはどうでもいいのだ。今回、紹介する方もこの意見には同意するだろう。

ご登場願うのは、超絶美鬼——鈴鹿御前《すずかごぜん》サマである。

その美しさと能力は、申し訳ないことながら紅葉さんをはるかに上回る。

なぜなら彼女は鬼と言われながらも天女《てんにょ》と呼ばれ、神社に祀《まつ》られてしまったほどの霊妙《れいみょう》な存在だったからだ。

鬼の王が酒天童子なら、鈴鹿御前は鬼の女王だ。

このお方のことを語るためには、まず御前の居城《きょじょう》となった鈴鹿山脈について記さねばならない。

鈴鹿山脈は岐阜県・三重県・滋賀県の県境沿いに位置し、標高千メートル内外が連なる山脈だ。地図で見ると、琵琶湖《びわこ》と伊勢湾《いせわん》に挟まれて、南北に長く山稜《さんりょう》が続いているのが見て取れる。

この山脈の南側、最も低い位置にあるのが鈴鹿峠だ。

ここは畿内《きない》から東国へ抜ける重要なルートで、飛鳥《あすか》時代から関《せき》が置かれていた。

「鈴鹿の関」を置いたのは天武天皇《てんむてんのう》だ。

発端は壬申《じんしん》の乱《らん》のとき、まだ大海人皇子《おおあまのみこ》だった天武天皇に味方した伊勢国司《いせこくし》の兵たちが、鈴鹿峠を封鎖《ふうさ》したことにあるという。

そういえば、鬼女紅葉が暮らした鬼無里《きなさ》でも天武天皇は顔を出した。

今回も鈴鹿御前とは直接の関係はないものの、土地がらみで関わってくる。

理由はわからないけれど、有名な女鬼と天武天皇はなぜか地理的に関係するのだ。謎《なぞ》がありそうな気もするのだが……今は横に置いておこう。

時代は下って、平安時代。

光孝《こうこう》天皇の皇女・繁子内親王《はんしないしんのう》が斎宮《さいくう》となって伊勢に向かうことをきっかけに、鈴鹿峠を経由する道が改めて開かれた。その後、峠越えの道は東海道の本道となり、『東海道中膝栗毛《とうかいどうちゅうひざくりげ》』にも出てくるように、伊勢参りのルートとなった。

つまり斎宮が通った道の一部が、江戸の伊勢参りにも使われたわけだ。

ロマンだわ。

それればかりか、この道は今の国道1号となっている。

話が横道に逸《そ》れるけど、国道1号は東京都中央区の日本橋から始まって、大阪府大阪市北区にまで至る道路だ。当然ながら、現在でも鈴鹿峠を越えて走っている。

壬申の乱と斎宮下向《げこう》、鈴鹿御前の面影《おもかげ》を宿した道を、今もそのまま通れるなんて！

わくわくするのは、私だけではないはずだ。伊勢参りの際は是非、電車なんか使わずに鈴鹿峠を越えて頂きたい。

ただ、峠を越えて伊勢に下る道はヘアピンカーブの連続で、今でも難所と言われている。

無論、現代における「難所」は車の運転が難しいとの意味合いなのだが、古代でも鈴鹿峠は難所中の難所とされていた。周囲を山で囲まれた一本道は、盗賊の跋扈《ばっこ》するところだったからだ。

実際、昌泰《しょうたい》元年（八九八）には、伊勢神宮への勅使《ちょくし》一行が襲撃《しゅうげき》される事件が起きている。盗賊が横行するため、斎宮一行が回り道して伊勢に入ったこともあり、「公モ国ノ司《ツカサ》モ此レヲ追捕《ツイブ》セラルル事モ否無《エ》カリケル」という状態だったという。

そして、そこにいた美貌《びぼう》の女盗賊が立烏帽子《たてえぼし》、別名・鈴鹿御前と呼ばれ……え？　ちょっと待て。それでは、鈴鹿御前はただの人間ではないか。

そんな馬鹿《ばか》な話はない。

いろいろ調べてみたのだが、鈴鹿御前と女盗賊・立烏帽子はかなり混同されているようなのだ。テキストによっては、立烏帽子が鬼として記されているし、逆に鈴鹿御前が普通の盗賊になっていたりする話もある。

立烏帽子の名が最初に出るのは『保元物語《ほうげんものがたり》』とされている。そこでの立烏帽子は単なる盗賊、人に捕縛《ほばく》される存在だ。

鎌倉時代に記された『弘長元年《こうちょうがんねん》公卿勅使記《くぎょうちょくしき》』でも、立烏帽子は盗賊の名として記されている。但し、この時代の資料には、立烏帽子が女性であるとの記述はない。

一方、『弘長元年　公卿勅使記』には、立烏帽子は「鈴鹿姫」という女神を崇敬《すうけい》していたと記されている。どうやら、立烏帽子＝鈴鹿御前となった背景には、この女神と立烏帽子の混同、そして両者が共に良民の基準から外れた存在であり、活躍の舞台が鈴鹿峠だったことなどがあるようだ。

まあ、難しい考証《こうしょう》はやめておくが、どう割り引いても、鬼としての鈴鹿御前はただの盗賊とはかけ離れている。

前の巻にて記した紅葉さんは、もともと普通の人間がモデルだったのではないかと、個人的には疑っている。茨木童子も同様だ。各々メインの伝説では、ふたりは人から生まれているし、エピソードもどこか人間臭い。だが、酒天童子と鈴鹿御前は人の腹から生まれていない。「酒呑童子」には人の子だったという話もあるが、「酒天童子」にそれはない。鈴鹿御前も同じである。彼ら二鬼は最初から、人を離れた存在なのだ。

鈴鹿山脈には、御前以外にも鬼の話が伝わっている。

――天智天皇《てんちてんのう》の時代。藤原千方《ふじわらのちかた》という者が、伊賀《いが》と伊勢の両国を縄張《なわば》りとしていた。千方は金鬼《きんき》・風鬼《ふうき》・水鬼《すいき》・隠形鬼《おんぎょうき》という四つの鬼を使役した。金鬼は身が硬《かた》くて矢が立たず、風鬼は大風を吹かせて城を吹き破る。水鬼は洪水《こうずい》を起こして陸にいる敵を溺死《できし》させ、隠形鬼は姿を隠して、俄《にわか》に敵を摑《つか》んで押し潰《つぶ》す。

朝廷軍《ちょうていぐん》は歯が立たず、それがために伊賀・伊勢両国の民は天皇に従うことがなかった。困り果てた朝廷は、新たに紀朝雄《きのともお》という男を差し向けた。朝雄は戦うことをせず、四鬼に向かって歌を送った。

「草も木も　わが大君の国なれば　いづくか鬼の棲《すみか》なるべき」

この歌を見た四鬼は非道《ひどう》を覚《さと》って千方から離れ、力を失った千方は討ち取られてしまった……。

十四世紀に成立した『太平記《たいへいき》』に記された話だ。和歌の呪力《じゅりょく》を語りたかったのかも知れないが、話としてはお粗末《そまつ》だ。

本文には出てこないが、藤原千方の根城《ねじろ》は伊賀・伊勢を仕切るということで鈴鹿山脈であろうとされている。が、ここに出てくる鬼たちは、独立した存在というよりも陰陽師《おんみょうじ》の使う式神《しきがみ》っぽい。これを鬼の伝説としてしまっていいのか、迷うところだ。

しかし、天武天皇には味方をした伊賀の人々が、その兄である天智天皇には逆らっており、鬼と見なされていたことは興味深い。

うーん。やっぱり天武天皇には、なんか謎がありそうだよなあ……。

実は私、昔から天武天皇には興味津々《きょうみしんしん》なので、どうも話が脱線していく。前回、紅葉さんを語ったときから、すっかり天武熱が再燃してしまっているのだ。

でも、ここは鈴鹿御前に話を戻そう。真面目に語らないと、御前からキツいお仕置《しお》きをされそうだからね。

だって、この方、超気が強いし、プライド高いし、本物の女王様なんだもん（誉《ほ》めてます）。

鬼としての鈴鹿御前を扱った話は、数多くある。

バリエーションが多いのが御伽草子《おとぎぞうし》で、「田村《たむら》の草子」「鈴鹿の草子」「立烏帽子」と、三つも大同小異《だいどうしょうい》の話が残る。

御伽草子「立烏帽子」での主役は女盗賊・立烏帽子だ。とはいえ、この立烏帽子は妖術をも使うので、ただの人とは言い切れない。

御伽草子以上に妖《あや》しく、細かいバリエーションを持つのが、奥浄瑠璃《おくじょうるり》という一種の口承《こうしょう》文学《ぶんがく》だ。

奥浄瑠璃というのは、東北地方の仙台や盛岡に伝わるもの。鈴鹿御前の話は「田村三代《たむらさんだい》記《き》」という題名で語られている。

鈴鹿御前なのに、なぜ田村田村とうるさいのかというならば……。

察しのいい方は既にピンと来ているとおり、鈴鹿御前の相方《あいかた》は、かの坂上田村麻呂《さかのうえのたむらまろ》であるからだ！

「おおっ」と驚いてほしいところだが、「誰ソレ——？」と首を傾《かし》げる方もいるだろう。

なので、回り道になるが、少し説明しておこう。

坂上田村麻呂は、平安時代の礎《いしずえ》を築いた桓武天皇《かんむてんのう》によって、征夷大将軍《せいいたいしょうぐん》に任じられた武将だ。

先祖は応神天皇《おうじんてんのう》の時代、百済《くだら》から帰化《きか》した阿智王《あちのおみ》（阿知使主）を祖とする東漢氏《やまとのあやうじ》。壬申の乱ではこれまた天武天皇側について活躍し、徐々に武門の一族として名を馳《は》せた。

父の苅田麻呂《かりたまろ》は藤原仲麻呂《ふじわらのなかまろ》の乱（恵美押勝《えみのおしかつ》の乱とも）に功《こう》を立て、また、宇佐八幡宮神託事件《うさはちまんぐうしんたくじけん》の際、道鏡排斥《どうきょうはいせき》に一役買ったことにより、正四位下《しょうしいのげ》・陸奥鎮守将軍《むつちんじゅしょうぐん》に叙任《じょにん》された（藤原仲麻呂の乱と宇佐八幡宮神託事件がわからない方は、すいませんが、各自調べてください）。

ともかく、そういう正義感溢《あふ》れる苅田麻呂の息子が田村麻呂さん。桓武天皇からの信頼を得て、延暦《えんりゃく》十五年（七九六）に陸奥出羽按察使《むつでわあぜち》・陸奥守・鎮守将軍を兼任《けんにん》、翌年、征夷大将軍に任じられた。

このたち彼は三度の夷賊《いぞく》（蝦夷《えみし》）討伐に出るのだが、この話は鈴鹿御前にも関わってくるので、史実はここまでにしておこう。それよりも、興味深いのは彼の死後だ。

坂上田村麻呂さんは死してのち、嵯峨天皇《さがてんのう》の勅《ちょく》により、「甲冑《かっちゅう》・兵仗《ひょうじょう》・剣《つるぎ》・鉾《ほこ》・弓箭《きゅうせん》・糒《ほしいい》・塩《しお》を調《ととの》へ備へて、合葬《がっそう》せしめ、城の東に向けひつぎを立」て、平安京を守護するように埋葬《まいそう》された。

この塚こそが、京都に遺る将軍塚《しょうぐんづか》だ。今に至るまで、京都を守る呪術的要諦《じゅじゅつてきようてい》となっている場所だ。

そして、そんな田村麻呂さんだからこそ、鬼退治の話もたんとあるのだ。

……は？　はいはい、わかってますとも。

鬼の敵《てき》であるにもかかわらず、どうして私が彼を「さん」付けで呼ぶのか、頼光《らいこう》のときみたいに罵《ののし》らないのか、疑問に思っているんですよね。

それは田村麻呂さんが本当に強く、しかも人間味溢れる武将だったからにほかならない！

実際には武功《ぶこう》もないくせに、鬼を利用して名を上げたり、騙《だま》し討ちをした頼光一味とは格が違うのだ、格が。正々堂々と戦って勝敗が決したというのなら、鬼贔屓《ぴいき》の私だって敬意は払う。

ゆえに田村麻呂さんは「田村麻呂さん」。頼光は「頼光」と呼び捨てだ。へっ。

実際、田村麻呂さんは鬼たちにもリスペクトされている。なんと、この田村麻呂さん、鈴鹿御前の伴侶《はんりょ》でもあるのだ！

さて。ここからは奥浄瑠璃「田村三代記」を元に、ふたりの物語を語ってみよう。

「田村三代記」は、ともかく奇想天外《きそうてんがい》で勢いのある物語だ。

奥浄瑠璃は語りの芸であるために、さまざまな人の口と時代を経るうち、話はどんどん複雑になり、面白くアレンジされていく。いわば、大衆小説だ。

ゆえに奥浄瑠璃を『大江山絵詞《おおえやまえことば》』と同列に扱っていいかどうかは微妙なところだ。

だが、学術書を書いているわけではない。鈴鹿御前を語るのにこれほど格好のテキストは、ほかに存在しないのだから、突っ込みを入れつつ記していきたい。

とはいえ、先述したごとく異本は山のようにある。ふたりの名前も様々《さまざま》で、それ以上にえらく長い。なので、これから記すのは飽《あ》くまで加門七海《かもんななみ》バージョン。

正確なところを知りたい方は、図書館で探してくださいませ。

二

仁明《にんみょう》天皇の頃。

昼夜を問わず、都の上を巨大な火の玉が飛び交うという事件が起こった。

その火の玉が通ったところは根こそぎ財物《ざいもつ》を奪われて、果ては着ている着物まで剝《は》ぎ取られてしまう有り様だ。都は当然、大騒ぎとなり、朝廷はその原因を探るため、陰陽師《おんみょうじ》を呼んで占断《せんだん》させた。

結果、光る玉は第四天魔王の娘・鈴鹿御前であると決まった。

鈴鹿御前は鈴鹿山脈に天下《あまくだ》り、今は彼女に同調する鬼たちがわらわらとそこに集ってきている。このまま行くと遠からず国は奪《うば》われ、民は死滅してしまう。

陰陽師の怖い言葉を受けて、朝廷は田村麻呂（以下敬称略）に鬼征伐の命を下した。

……紅葉《もみじ》さんは欲界最高位《よくかいさいこうい》・第六天魔王の申し子だが、鈴鹿御前はそれより二つ下の第四天。しかし祈願《きがん》で生まれた人の子ではなく、魔王そのものの血を引く娘だ。本来、人の体を持たないために、光る玉となったわけ。

田村麻呂は二万の兵を引き連れて、鈴鹿山に向かっていった。山は大混雑であっただろうと推測される。が、待てど暮らせど、鈴鹿御前は現れない。仕方なく、彼は兵を帰して、ひとりで山の中に残った。

しかし、三年経っても見つからない（長い！）。万策《ばんさく》尽きて、田村麻呂は神仏の加護《かご》を得るために、自らに苦行を科すことにした。

即ち水の入った銀の鉢《はち》を頭上に掲げ、一滴も零《こぼ》さずに山頂まで運び、三日三晩爪先立《つまさきだ》ちで経文《きょうもん》を唱えるというものだ。

その甲斐《かい》あって、行が終わろうとした瞬間、田村麻呂の眼前に今まで見たこともない広大な笹原が出現した。不審に思いながらも、彼が笹原を進んでいくと、やがて五色に光輝く壮大な御殿《ごてん》に到着した。

金銀七宝で造られたそこは、蘭奢待《らんじゃたい》の香が漂《ただよ》い、美しい女官が舞を舞っている。庭を見ると、春爛漫《はるらんまん》の花景色。それが見る間に夏に変わって秋となり、やがて一面の雪景色になった（この辺りの描写は、酒天童子の居城と大同小異となっている）。

田村麻呂が景色を見渡すと、その一面の銀世界の中、年の頃は十六、七。十二単《じゅうにひとえ》に緋袴《ひばかま》を穿《は》いた天女のごとき美少女が艶然《えんぜん》と微笑んで立っていた。

あれが鬼女か。まだ若い娘ではないか……。

田村麻呂は一瞬迷ったが、これこそが魔物の術であろうと、重代の名刀・素早丸《そはやまる》を抜きざま、少女に投げ放った。

刹那《せつな》、少女はさっと髪をかき上げて、その手で腰に提《さ》げていた黄金の長剣・大通連《だいとうれん》の鞘《さや》を払って宙に放った。

――鈴鹿御前サマ、カッコよすぎじゃ！

ちなみに鈴鹿サマは大通連・小通連《しょうとうれん》・顕明連《けんみょうれん》という三振りの宝剣を持っている。大通連は文殊菩薩《もんじゅぼさつ》が打った刀、または文殊そのものの化身《けしん》。小通連は普賢菩薩《ふげんぼさつ》の打った刀あるいは化身。顕明連は朝日に当てれば三千大千世界を見通すことができる宝剣で、それらを鈴鹿御前は阿修羅王《あしゅらおう》から直々《じきじき》に授かったという話もある。

これだけでも充分壮大すぎるが、話はまだまだこれからだ。

鈴鹿御前と田村麻呂、各々の刀は空中で刃を合わせて火花を散らし、その姿を変化させた。

素早丸が鷲《わし》に変じて鈴鹿御前に襲いかかれば、大通連は竜巻《たつまき》となってそれを吹き飛ばす。素早丸が炎となれば、大通連は豪雨となる。凄まじい戦いであるものの、両刀の力は互角らしく、いつまで経っても決着がつかない。

業《ごう》を煮やした田村麻呂は、捨て身で鈴鹿御前に飛びかかった。しかし、その瞬間、彼女の姿はかき消えて、どこからか華やいだ少女の声が聞こえてきた。

「無駄《むだ》な戦いはおよしなさい」

声は田村麻呂にそう告げた。

「妾《わらわ》は天の者であるゆえに。そなたのことはそなた自身の知らぬことまで、すべて見通しておるのだぞ」

「何を言う！　俺の知らぬ俺のこととはなんなのだ」

田村麻呂は声に尋ねた。声は答えた。

「教えてやろう。まずはそなたの祖父。この者は天から降った星が砕《くだ》けて、その中から生まれ出たのじゃ」

（絶句）

「そのの ち、流砂王《りゅうさおう》という大蛇の化身と通じ、三年三カ月ののちに生まれたのがそなたの父だ」

（絶句）

「そして父が奥州に下っていたときに、蝦夷《えみし》の姫と契《ちぎ》りを交わして生まれたのが、お前、田村麻呂である」

……いやあ、田村麻呂さんが返答に窮《きゅう》するのもわかるわ、これ。

だが、別の物語では、坂上田村麻呂は金髪碧眼《きんぱつへきがん》の偉丈夫《いじょうふ》だったとされている。英雄が異種婚によって生まれたり、普通と異なる容姿、即ち「徴《しるし》」を持つのは伝説の世界ではよくある話だ。ここは軽く流しておこう。お好みによっては、この先の田村麻呂さんを金髪碧眼の美青年と脳内変換してもいい。

ともあれ驚愕《きょうがく》の——まさに驚愕の真実を告げたのち、鈴鹿御前は本題を切り出した。

「妾は日本を魔国にせよと、天帝《てんてい》の命を受けてきた。しかし、女の身では心許《こころもと》ないこともある。そこで奥州達谷窟《たっこくのいわや》におる大嶽丸《おおたけまる》という鬼神に目を付けた。大嶽丸は四相を悟る素晴らしき鬼。その者を夫とし、共に日本を魔国にしようと思い描いたのじゃ。しかし、いくら文《ふみ》を送っても、大嶽丸は返事を寄越さぬ。つまり……わかるか？　大嶽丸はこの妾を袖《そで》にしたのじゃ。そのようなこと、妾は断じて許さぬ！　可愛さ余って憎さ百倍とはこのことよ。そうして憤怒《ふんど》に身を焦《こ》がしているときに、そなたが目の前に現れたのじゃ」

いきなりの失恋話をかまして、鈴鹿御前はなおも続けた。

「見れば、そなた田村麻呂も大嶽丸に勝るとも劣らぬ男振り」

は？

「しかも、そなたは妾のことを三年間も探し続けて、過酷《かこく》な苦行をも成し遂げた。妾を求めるその姿、妾は心を奪われたぞよ」

……そ、そういう話だったっけ？

首を捻《ひね》っている間にも、鈴鹿御前は畳《たた》みかけてくる。

「そなたの刀もなかなかのもの。我が宝刀大通連と互角に渡り合ったのは、素早丸がはじめてじゃ。ふたりの力を合わせれば、まさに天下に敵無しとなろうぞ。どうじゃ、妾と手を組まぬか？」

鈴鹿御前は言い寄った。田村麻呂は考えた。

（今のままでは、到底、この鬼女には敵《かな》わない。ならば、暫《しば》くはこの女に従って機を窺《うかが》うのが善策ではないか？）

そう思って頷《うなず》いた途端、妙《たえ》なる楽《がく》が響き渡り、天女たちが舞い降りて、鈴鹿御前が姿を現した。

微笑みながら差し伸べる手を田村麻呂は取り、ふたりは結ばれ……こ、こ、こらーっ！

勅命はどうした、勅命は！　なぁにが「機を窺う」だ。下手な言い訳してんじゃない！

頭を抱える展開だが、まあ、鈴鹿御前は容姿も力も最強だ。宇宙人の血が混ざっていても、田村麻呂の勝てる相手ではない。

ふたりはそのまま三年六カ月の間、鈴鹿山中で暮らして娘ももうけた。なんかもう、放っておきたい気もするが、話はまだ序の口だ。

山に入ってから計六年六カ月ののち、漸《ようや》く焦り始めた田村麻呂は鳥止《とりとめ》の術を使って雁《かり》を捕まえ、したためた文を翼に挟んだ。

雁はそのまま都の紫宸殿《ししんでん》に飛び、文は帝《みかど》に届けられた。

中にはこんなことが記されていた。

——私は今、鈴鹿御前と暮らしていて、既に子供までいます。だけど、任務は忘れてません。ゆえに来る十五夜の満月の夜、親子三人で都に行くので、何なりとご処置いただきたい。

若干、調子の良いことが交ざった手紙だ。

しかし、帝はとうに田村麻呂は討ち死にしたと思っていたので、文を読んで喜ぶやら慌てるやら。鈴鹿御前捕縛《ほばく》のため、またも二万の兵を用意した。

田村麻呂は田村麻呂で、いよいよ約束の日が迫ったとき、鈴鹿御前に告げた。

「実は次の満月、お前と子を連れて都に上ると、帝に文を送ってある。お前は魔界の者ではあるが、今では俺の妻でもある。つまり、それはこの国の者でもあるということだ。……どうだろう。都で人として暮らし、この国の神仏を拝み、俺と一緒にこの国に尽くしてくれぬだろうか」

これまた調子の良い言葉だが、田村麻呂はどこを向いても、自分に正直なので許してあげよう。鈴鹿御前も怒ることなく、話を聞いた。

彼女は雁に文を託したことも、その内容も、田村麻呂が知らないこと——都で二万の軍勢が待ち構えていることまで既に知っていた。

鈴鹿御前は静かに言った。

「妾は天界より来た者じゃ。梵天王《ぼんてんおう》のおわす都の土を踏み、そこで万を超える神仏を拝した。その妾がどうして、この国の神仏を拝むことができようぞ」

きっぱり言われて、田村麻呂は迷った。何を迷ったかというと、このまま鈴鹿御前とバックレようかと迷ったのだ。

しかし、辛うじて踏みとどまって、彼は一緒に来てくれ、と改めて鈴鹿御前を説得した。

彼女も田村麻呂に惚《ほ》れているので「しょうがないわねえ」と……鬼の話じゃないような気がしてきたし、だんだん書くのが辛くなってきたのだが、もう暫《しばら》く頑張りたい。

満月当夜、鈴鹿御前は天から光輪車《こうりんしゃ》を呼び寄せると空を駆《か》け、一瞬にして、父子と共に紫宸殿前庭に降り立った。但し、田村麻呂以外の姿は人には見えない。田村麻呂は処罰覚悟で、伴ってきた鈴鹿御前を帝に会わせたいと申し出た。

帝は謁見《えっけん》を許した。宮中はもう大騒ぎだ。なぜなら、どこから漏《も》れ聞いたのか、鈴鹿御前は絶世の美女だといった噂が貴族たちに拡がっていたからだ。

その姿を一目見ようと、百官百位、すべてのものが紫宸殿に詰めかけた（多分、その間、二万の兵は内裏《だいり》の外でぼーっとしていたに違いない）。

待ち構える人々の前に、やがて鈴鹿御前が現れた。

その美貌はまさに人外。宮中の女官すべてが芋《いも》か南瓜《かぼちゃ》かというほどだ。人々は言葉を無くし、固唾《かたず》を呑んで鈴鹿御前に見入った。帝はひとり、身を乗り出して、

「それほどの美貌を持ちながら、なにゆえ、この国に仇《あだ》をなす」

……ちがう。そうじゃない。

帝、頼むから少し落ち着こう。美形が正義とは限らんぞ。

私の煩悶《はんもん》を知る由《よし》もなく、鈴鹿御前は涼しい顔だ。

鈴鹿サマはまたも、ここの神仏が望む善に従うことはできないと言い、さらに続けた。

「ただ、娘のためにも、これからは鈴鹿の山に籠《こ》もって暮らそう。それを許すというなら、礼をしようぞ」

一も二もなく、帝は彼女の願いを呑んだ。鈴鹿御前は頷いた。

「ならば、告げよう。来月一日、近江《おうみ》に棲む鬼神・明石《あかし》の高丸《たかまる》がこの国に禍《わざわい》をもたらすであろう。ゆめゆめ疑うことなく備えるのじゃぞ」

鈴鹿御前はそう言うと、一閃《いっせん》にして姿を消した。

田村麻呂はじめ残された人々は、呆然《ぼうぜん》とする以外になかった。

うーん。この都、滅ぼすの簡単そうだよなあ。

ともかく、ここで漸《ようや》く鬼らしい鬼、高丸が出てくる。明石の高丸は男なので、田村麻呂も手加減なしだ。

さあ。いよいよ後半戦。

明石の激戦とラスボス大嶽丸との戦いだ。

三

いやあ、読者の方がどう思っているかは知らないが、私自身、鈴鹿御前の伝説を記すのはとても楽しい。

なぜなら（予《あらかじ》め記してしまうが）鈴鹿御前は負けないからだ。

我が愛する鬼たちは朝廷の敵とされたがために、どうしても最後は悲惨《ひさん》になるし、書かれようも悪意に満ちている。

物語としてのハッピーエンドが、鬼の殺害や敗北なんて、悔しいし腹立つし、悲しいだけだ。

しかし、鈴鹿御前の話は違う。彼女は最後まで無敵のまま。ゆえに、心穏やかに物語を記せるというわけだ。

さて。

このまま鈴鹿御前最強伝説後半に突入してもいいのだが、そうすると鈴鹿峠《とうげ》に戻ってこられない可能性がある。なので、まず、鈴鹿御前が祀《まつ》られている神社について記しておきたい。

鈴鹿御前を祀る社《やしろ》は鈴鹿トンネルの南、住所でいうなら三重県亀山市関町坂下宿《せきまちさかしたじゅく》にある「片山神社《かたやまじんじゃ》」と考えられている。

この神社はもともと鈴鹿山脈の南に当たる三子山《みつごやま》に鎮座《ちんざ》していたが、水害や火災が続いたため、永仁《えいにん》五年（一二九七）、現地に移ったと伝わっている。

先に記した盗賊《とうぞく》としての立烏帽子《たてえぼし》が崇敬《すうけい》していた「鈴鹿姫」のおわす社が、移転前の同神社なのか。生憎《あいにく》、確認は取れていない。

ただ、延長《えんちょう》五年（九二七）にまとめられた全国の神社一覧『延喜式神名帳《えんぎしきじんみょうちょう》』には、既に伊勢国鈴鹿郡の式内小社《しきないしょうしゃ》として「片山神社」が載っている。

鈴鹿御前と坂上田村麻呂の時代から見ても、この神社が齟齬《そご》のない歴史を持っていることは間違いない。

正式な由緒《ゆいしょ》は不明。だが、片山神社は鈴鹿御前のほか鈴鹿大明神《だいみょうじん》・鈴鹿権現《ごんげん》とも呼ばれ、伊勢参りが盛んになるにつれ、道中安全・旅人の守護としての信仰を集めるようになっていったらしい。その信仰は江戸時代まで続いており、西国の諸大名からも多額の寄進《きしん》を受けたという。

しかしながら、社殿は平成十四年（二〇〇二）、放火により焼失してしまった。

多分、犯人は祟《たた》りを受けて既にこの世にいないと思うが、残念ながら、そういうわけで今は社は残っていない。ただ、鳥居と社地はそのままなので、鈴鹿御前はまだそこにいらっしゃる可能性がある。

聞いた話では、その神が本物であるならば、社殿がなくとも神霊はそこに留まり続けるという。

社がないのは寂しいことだし、うっかり踏んじゃうと怖いけど、鈴鹿御前に会いたい私としては、同じ場所にいてほしいなあ……なんて思っている次第である。

とはいえ、公的な資料におけるご祭神に、現在、鈴鹿御前の名前はない。

資料に依《よ》れば、片山神社の主祭神は倭比売命《やまとひめのみこと》。配祀《はいし》として、瀬織津比売神《せおりつひめのかみ》・気吹戸主神《いぶきどぬしのかみ》・速佐須良比売神《はやさすらひめのかみ》・坂上田村麿《たむらまろ》・天照大神《あまてらすおおみかみ》・速須佐之男命《はやすさのおのみこと》・市杵島姫命《いちきしまひめのみこと》・大山津見神《おおやまつみのかみ》となっている。

主祭神である倭比売命は、神話時代・垂仁天皇《すいにんてんのう》の御世に天照大神を伊勢の地に祀った方で、斎宮《さいくう》の起源とされる皇女だ。鈴鹿峠が斎宮の通る道であったため、倭比売命が祀られたのだろう。

ほかの神々に統一性は見られない。大体、祝詞《のりと》『大祓《おおはらえ》』に出てくる瀬織津比売神・気吹戸主神・速佐須良比売神と天照大神の間に、なぜ田村麻呂さんが挟まっているのか。それ以上にやはりなぜ、鈴鹿御前の名前がないのか。

鬼と見なされ、鈴鹿御前は消されてしまったのだろうか。とすれば、寂しい限りだが、江戸時代はこれと真逆で、なんと！　鈴鹿御前は天照大神の母親として信仰されていたという。

鈴鹿御前が天照大神の母親ならば、天照大神の父親は田村麻呂さんということになる。私はそれでも全然構わないけれど、困る人のほうが多いだろう。歴史的にも滅茶苦茶《めちゃくちゃ》だ。

多分、当時の伊勢参りに向かう庶民は、鈴鹿御前を鬼として認識していなかったのだろう。伊勢に通じる尊い道の守護として「鈴鹿大明神」を信仰していたに違いない。

鬼か、天照大神の母か。ゼロか百超えかという極端さ。これもまた、鈴鹿御前らしい振り切れ方だ。

さりながら、峠の神と鬼には共通項がある。

「恐ろしい」ということだ。

峠の神は荒ぶる神で、容易に人の命を奪った。たとえば『筑後国風土記《ちくごのくにふどき》』逸文《いつぶん》には「筑《つく》紫《し》」の地名由来として、こんな話が載っている。

——昔、山の峠に荒ぶる神がおり、往来の人の半ばは死に、半ばは生きるという有り様だった。そのために、ここの神は「人命《ひとのいのち》尽《つ》くし神」とされ、そこから「筑紫」と呼ばれるようになったという。

他の地域の風土記にも似たような話は存在している。全国的に、峠の神は恐ろしいものとされていたのだ。

その神を宥《なだ》め、峠を無事に通るために、古《いにしえ》の人々は手向《たむ》けの幣《ぬさ》を用意していかねばならなかった。

——このたびは　幣もとりあへず　手向山《たむけやま》　紅葉《もみじ》の錦《にしき》　神のまにまに

『百人一首』に載る菅原道真公《すがわらのみちざねこう》の和歌にはこうある。

これは急ぎ旅のため、峠の神に幣が用意できなかった。なので、紅葉を捧《ささ》げるのでお受け取りください、という歌だ。

実際、峠やその付近の岩の下などから、土器や勾玉《まがたま》、古銭など、縄文時代から江戸時代まで、さまざまな品が発掘されている。つまり、神道が成立する以前から、峠におわす神様は荒ぶるものとされていたのだ。

鈴鹿峠にいる神も、当然、恐ろしい神だった。

ゆえに、ここに鈴鹿御前が祀られていても不思議はない。伊勢巡幸以前から峠は存在したのだから、そういう意味で、鬼神は倭比売命より古い祭神と言えるだろう。

さて。

硬い話はここまでにして、鈴鹿御前最強伝説後半だ。

田村麻呂と夫婦になった鈴鹿御前は、朝廷の招きを袖《そで》にして、子供と共にひっそりと山で暮らすことを選んだ。

去り際《ぎわ》、彼女はこう告げた。

「来月一日、近江《おうみ》に棲《す》む鬼神・明石《あかし》の高丸《たかまる》がこの国に禍《わざわい》をもたらすであろう。ゆめゆめ疑うことなく備《そな》えるのじゃぞ」

その予言に間違いはなく、九月に入ると案の定、高丸反乱の報せが入った。

そこで勅命《ちょくめい》を受けた田村麻呂はまたまた二万の兵を引き連れて（都の軍勢の最大稼働《かどう》人員は二万人らしい）、高丸が潜《ひそ》む窟《いわや》のある蒲生《がもう》が原《はら》に向かっていった。

「蒲生が原」は近江国、現在の滋賀県蒲生郡のことだ。

ここには他にも鬼伝説が存在する。しかし、蒲生が原の鬼伝説は、どうも後代の誤解から生じたものらしい。

蒲生が原には天智天皇《てんぢてんのう》の御代《みよ》、鬼室集斯《きしつしゅうし》をはじめとする百済《くだら》からの亡命者、約七百人が遷《うつ》されている。そのため、鬼室集斯の墓や娘の鬼室王女と記された碑《いしぶみ》が残っていた。後代、その碑に記された「鬼」が人名であることが忘れられ、鬼の住処《すみか》と見なされた——というのが本当の事情ということだ。

高丸の根城が蒲生が原とされたのも、同じ誤解の結果だろう。

ともかく田村麻呂が窟に着くと、みるみる空が曇《くも》りだし、大風と共に一丈《じょう》（約三メートル）余りもある凄《すさ》まじい鬼が顔を出した。

そして千人力の子供六十人、六百人の眷属《けんぞく》を率いて、田村麻呂の軍勢に襲いかかった。戦いは三日三晩続いて、田村麻呂軍は二百名に減り、高丸勢は主従七騎を残すのみまで追い詰められた。

敗北を覚った高丸は、常陸国《ひたちのくに》の鹿島《かしま》に逃げた。が、追ってきた田村麻呂に攻め立てられたため、高丸たちは海に飛び込み、筑羅《ちくら》の沖に消えてしまった。

常陸国は現在の茨城県。筑羅は日本と朝鮮・中国との境にあったとされる架空《かくう》の海で、対馬《つしま》の沖合にあたるとされる。

滋賀県から茨城県、そして長崎県沖……。さすが鬼！　という無茶ぶりだが、追いかける田村麻呂も相当だ。

しかし、物語作者は滅茶苦茶に地名を羅列《られつ》したわけではない。これらの土地には、それぞれ意味がある。

常陸国は古代における蝦夷国《えぞこく》の入り口だった。実在した坂上田村麻呂は蝦夷征伐《えみしせいばつ》の将だったので、いきなり常陸が出てくるのも無関係とは言い難い。

また、古代における常陸国は「常世之国《とこよのくに》」とも見なされていた。「常世」は永久に変わらない聖域で、桃源郷《とうげんきょう》とされる一方、死後の世界・黄泉国《よみのくに》とも解釈されている場所だ。

架空の地名である筑羅もまた、折口信夫《おりくちしのぶ》（民俗学者・国文学者）によれば、「常世」と同等であるという。

桃源郷的な世界といえば、酒天童子《しゅてんどうじ》の城や鈴鹿御前の住処が思い出される。高丸もまた、強い鬼である証《あかし》として、桃源郷としての常世に逃げ込むことができたのだろう。

だがしかし、そんな鬼でも鈴鹿御前には敵《かな》わない。

高丸の姿を見失い、田村麻呂は茫然自失《ぼうぜんじしつ》。仕方なく都に引き返す途中、伊勢の辺りで

眠ってしまった。すると――、

「のうのう、田村麻呂」

枕元から突然、鈴鹿御前の声が聞こえた。

田村麻呂が跳《は》ね起きると、愛《いと》しい妻が座っている。鈴鹿御前は田村麻呂を見て溜息《ためいき》をついた。

「まったく、そなたという男は仕方のない御仁《ごじん》じゃの……。敵を侮《あなど》るから逃げられるのじゃ。妾《わらわ》は既に高丸親子の隠《かく》れ家《が》をきちんと突き止めておるぞ」

「本当か⁉」

田村麻呂は身を乗り出した。鈴鹿御前は頷《うなず》いた。

「筑羅の沖、唐との国境にある大輪が窟《くつ》に潜んでおる」

単細胞気味の田村麻呂はそう聞くと、すぐに軍勢を調《ととの》えようと腰を浮かせた。しかし鈴鹿御前は、まあ、落ち着け、と引き留める。

「筑羅の沖に行くのは、そなたと妾のふたりのみじゃ。他の者を連れていくことはできぬ。妾に策《さく》があるゆえに、そなたはそれに従うがよい」

鈴鹿御前を征夷大将軍にしたほうが、話が早い気がするが……。

田村麻呂を窘《たしな》めて、鈴鹿御前はマイカー光輪車《こうりんしゃ》を呼ぶと、ふたりで筑羅の沖に向かった。海上を進むこと三日間。やがて、荒波に洗われた巨大な岩窟が姿を見せた。

高丸たちの隠れ家だ。

田村麻呂は鈴鹿御前に尋ねた。

「どうやって、高丸をおびき出すんだ」

「見ておいでなさい」

鈴鹿御前は余裕の態《てい》で光輪車を霞《かすみ》の中に留めおき、手に持っていた扇《おうぎ》を開いた。するとと、辺りはたちまち夕暮れになり、そののち満天の星空となった。ほどなく、天から美しい音楽が鳴り響いてきた。その音に合わせて、鈴鹿御前は星を呼ぶという舞を始めた。

舞と楽の音に合わせ、きらめきながら星が落ち、彼女の周囲を群れ飛んだ。

窟の中にいた高丸の娘は、気配に気づき、外が見たいと父にせがんだ。父は田村麻呂の仕業《しわざ》とわかっていたが、娘があまりに強く言うので窟の扉を少し開いた。

鈴鹿御前は田村麻呂に告げた。

「今です。お討ちなさい！」

田村麻呂は大弓に鏑矢《かぶらや》を番《つが》えて高丸に放った。矢は虚空を切り、高丸の眉間《みけん》を貫いた……。

うーん。ちょっと可哀想だなあ。子煩悩《こぼんのう》のいいお父さんではないか、高丸さん。

でもまあ、話がそうなっているので仕方ない。

ちなみに舞を舞って油断をさせるという作戦は、征夷譚《せいいたん》のパターンのひとつだ。

正史としての記録はないが、たとえば養老《ようろう》四年（七二〇）に起きた九州・隼人《はやと》の反乱でも似たような策が用いられている。

伝説に依《よ》れば、大分県・宇佐《うさ》の八幡神《はちまんしん》が戦場で傀儡子《くぐつし》を舞わせ、見物している隼人らを攻め、勝利を得たとなっている。傀儡とは操り人形のことで、これを専門とする芸人を傀儡まわしや傀儡子と呼んだ。

宇佐神宮の末社だった大分県・古要神社《こようじんじゃ》と福岡県・八幡古表神社《はちまんこひょうじんじゃ》では、その伝説を下敷きに、隼人の魂を鎮撫《ちんぶ》する芸能が今に伝わっている。

鬼が宴会好きの酒好きというのは、酒天童子以来の伝統だ。それを踏まえての伝説か、あるいは鬼なんてチョロいんだぜ、と示すための伝説か。

真偽《しんぎ》はわからないけれど、鈴鹿御前の話にもいつしか同系統の騙《だま》し討《う》ちが入ってしまったというわけだ。

但《ただ》し、この場面のみならず、鈴鹿御前はほかの鬼たちのように、自らの体を用いての戦《いくさ》はしない。すべて妖術と計略だ。これは鈴鹿サマの性格でもある。

……ていうか、田村麻呂、最早《もはや》、御前の手下状態。死してのちまで都を守る将軍の権威《けんい》はどこにもないゾ。

加えておくと、この物語では高丸の亡骸《なきがら》は九州肥前国《ひぜんのくに》の一宮《いちのみや》に葬られ、後代、その上に吉備津《きびつ》の宮の明神が建てられたことになっている。

肥前国の一宮は與止日女神社《よどひめじんじゃ》ゆえ、こればかりはまったくいい加減だが、吉備津といえば岡山だ。ここは桃太郎伝説発祥の地と言われ、総社市《そうじゃし》にある史跡・鬼ノ城《きのじょう》には温羅《うら》と呼ばれる鬼が住んだとされている。

やはり、作者は高丸を貶《おとし》めたままにしておきたくはなかったのだろう。

四

高丸を退治したあと、田村麻呂は都に帰ることなく、暫《しばら》くの間、鈴鹿山で鈴鹿御前といちゃいちゃしていた。

しかし時が経つにつれ、鈴鹿御前は浮かない顔になる。さては田村麻呂に飽きたのか……と思ったのだが、ある日、鈴鹿御前は意を決した顔をして、田村麻呂にこう打ち明けた。

「大嶽丸《おおたけまる》が嫉妬《しっと》しておる」

なんですと!?

「妾《わらわ》を袖《そで》にしたくせに、大嶽丸はそなたと一緒になった妾を許さぬとして、日ごと、憎悪《ぞうお》の念を送ってくるのじゃ。もっとも日本を魔国にせよとの命を受け、天降ってまいった妾じゃ。にもかかわらず、そなたと共に魔を滅する側に回ったのだから、大嶽丸の怒りにも理《ことわり》がないとは言い難い。ただ、このままでは、奴は近々、妾を捕らえにやってくる。そうなれば、五年のうちに日本国の人々はことごとく尽《つ》きてしまうであろう」

鈴鹿御前の言葉を受けて、田村麻呂は胸を張った。

「大丈夫だ。俺が側《そば》にいるではないか。高丸も退治できたじゃないか」

……この能天気は、ある種の才能だ。鈴鹿御前は頷《うなず》かなかった。

「大嶽丸は高丸よりも倍々の強さを持った鬼神じゃ。とても敵《かな》う相手ではない。何百年も生きて修行を積んで、四肢《しし》は巌《いわ》のごとくに堅く、弓矢も剣も役には立たぬ」

「では、どうすれば」

「妾にひとつ、妙案がある」

鈴鹿御前は薄く笑って、己《おのれ》の策を口にした。

それは、自分が大嶽丸と偽《いつわ》りの夫婦となって一緒に暮らし、三年掛けて術を仕込んで、大嶽丸の巌の体を柔らかくしてしまうというものだった。

――えええっ？　いわゆる色仕掛《いろじか》けで骨抜《ほねぬ》きっていうヤツですか!?　鈴鹿御前、それはちょっといくらなんでも……。だが、田村麻呂がどう反対しようとも、彼こそ骨抜きにされているので鈴鹿御前には逆らえない。鈴鹿御前はさっさと段取りを組んだ。

「三年後、帝《みかど》より大嶽丸成敗の勅《ちょく》が下るまで、そなたは都で待つがよい。そして、勅命が下ったら、必ず名馬に乗り、供は二、三人のみでおいでなさい。大軍を率いてはなりませぬ。それから、くれぐれも、娘のことは頼みましたぞ」

言うなり、鈴鹿御前は姿を消した。

哀れ田村麻呂は再び取り残されて、娘と共にすごすごと都に戻っていった。

相変わらず人の良い帝は、田村麻呂の帰還を喜んで、高丸征伐の褒美《ほうび》を与え、その生活を保障した。

――それから三年。都に賀茂明神《かもみょうじん》からの神勅《しんちょく》が届いた。

鈴鹿御前の予言通り、奥州達谷窟《おうしゅうたっこくのいわや》に棲《す》む大嶽丸が世を乱しているゆえ、成敗せよとの内容だ。

人材不足か期待過多か、はたまた実は邪魔《じゃま》なのか。帝は田村麻呂に出撃を命じた。

田村麻呂はすぐさま出立した。同時に、鈴鹿御前は彼がこちらに向かってくる気配を察知して、大嶽丸に天竺《てんじく》訪問を提案した。そして、窟を留守にさせ、残った部下五百人に神《じん》通力《つうりき》で縄を掛けた。

やがて、窟に田村麻呂が到着。だがしかし、窟の異変は即座に大嶽丸の知るところとなり、彼もすぐさま天竺から戻った（並外れた神通力があると、話が早い）。

窟に田村麻呂がいるのを知った大嶽丸は、鈴鹿御前の裏切りを知った。

彼はまず部下の縄を切ろうとした。が、手が触れる前にすべての縄はほどけて切れる。

そんな悪戯《いたずら》じみた技を見て、大嶽丸は既に己の神通力では鈴鹿御前に勝てなくなっていることを覚った。

大嶽丸は身を翻《ひるがえ》した。

「みなの者、儂《わし》について参れ！」

一旦、ここは退《しりぞ》いて、修行し直そうと考えたのだ。

しかし、部下たちは大嶽丸に従う前に、主人を騙した鈴鹿御前と田村麻呂に襲いかかった。

ふたりは慌てず、予《あらかじ》め示し合わせていたとおり、同時に剣を虚空に放った。刹那《せつな》、二本の剣は五百の剣に変化して、大嶽丸の手下に降り注いだ。五百人の部下は皆、一瞬にして討ち取られた。

「大嶽丸はどこに行った」

田村麻呂は辺りを見渡した。

「霧山《きりやま》の天上じゃ。あそこで行を積まれれば、日本は滅びる。まずは修行を遮《さえぎ》らなくては」

言いざま、鈴鹿御前は田村麻呂と共に霧山に向かった。修行を遮るということで、田村麻呂は大嶽丸が籠《こ》もった窟の前で、声を張り上げた。

「やーい、大嶽丸の卑怯者《ひきょうもの》ー！　隠れてないで、出てこーい」

「なんだとーっ⁉」

子供か、あんたらは……。

思わず、顔を覗《のぞ》かせた大嶽丸に田村麻呂は剣を放った。

大嶽丸は消え失せる。

「お前らのごときを打ち砕くのは容易《たやす》いが、日本滅亡という大願成就のためだ。此度《こたび》は見逃してやる！」

声を残して、大嶽丸は今度は篦岳山《ののだけやま》に飛び去った。

ふたりはまたも彼を追ったが、この度、大嶽丸が隠れた窟にはどこを探しても入り口がない。窮《きゅう》した田村麻呂を見て、鈴鹿御前は彼を諭《さと》した。

「そなたは観音菩薩《かんのんぼさつ》の生まれ変わり。今こそ、菩薩にお縋《すが》りするのじゃ」

……えーと。

田村麻呂さんと観音菩薩の関わりは、今まで、どこにも出てこない。

読み手としては寝耳に水という感じだが、歴史上の人物としての坂上田村麻呂は観音菩薩に帰依《きえ》している。

実際、観音信仰で有名な京都の清水寺《きよみずでら》は、延暦《えんりゃく》十七年（七九八）、坂上田村麻呂によって最初の堂宇《どうう》が建てられている。

鈴鹿御前の台詞《せりふ》は、そんな史実が下敷きになっているのだろう。

鈴鹿御前の言葉に頷いて、田村麻呂は祈り始めた。と、今まで存在しなかった扉が現れ、音を立てて開いた。そして、菩薩の法力による鎖《くさり》によって、がんじがらめに縛られた大嶽丸が姿を見せた。

大嶽丸は叫んだ。

「無念なり！　このようなことになると知っておれば、田村麻呂、お前を見逃すのではなかった！」

田村麻呂は再び剣を放った。すると、今度は稲妻《いなづま》が天地を貫いて、大嶽丸の体を四つに裂いた。首は虚空に舞い上がり、田村麻呂に襲いかかった。とっさに田村麻呂がそれを避《さ》けると、首は兜《かぶと》のてっぺんを喰い切り、天高く舞い上がって消え失せた……。

（この辺りは鬼が油断して、人に討ち取られるという典型となっている。私の心が傷むシーンだ）

田村麻呂は帰郷して、帝に大嶽丸征伐を報告した。

聞いた帝は「それほどの鬼神なら、死してのちも禍《わざわい》を為すに違いない。手篤《てあつ》く祀《まつ》ってのちの祟《たた》りがないようにすべし」と宣《のたま》った。

うむ。この帝はなかなか良いことを言う。

それによって、田村麻呂はまず霧山の天上に寺を建立、次に大嶽丸の本拠であった達谷窟に百八体の毘沙門天《びしゃもんてん》を祀った。そして、箟岳山の麒麟《きりん》が窟に大嶽丸の首を埋葬し、塚を築いて観音堂を建立《こんりゅう》。次に死体のあった場所の土を削り、そこに手足を埋葬し、またも観音堂を建立した。そのため、この場所は「大嶽」と呼ばれるようになった。また大嶽丸の首は出羽《でわ》と奥州の境にある山で拾われたため、以来、ここは鬼首村《おにかべむら》と呼ばれたという。

現在、それらの場所は、松島《まつしま》の富山観音《とみやまかんのん》・石巻《いしのまき》の牧山《まきやま》（魔鬼山）観音・涌谷《わくや》町の箟嶽観《ののだけかん》音《のん》・大崎市鳴子温泉鬼首・登米《とめ》市南方町の大嶽観音とされ、すべて実在する奥州の霊地となっている。

供養を果たして三年後、田村麻呂は漸《ようや》く鈴鹿山に戻ってきた。

しかし、なんと、鈴鹿御前はとうに亡くなってしまっていたのだ！

実は大嶽丸退治ののち、鈴鹿御前は既に己の寿命が尽きることを田村麻呂に告げていた。天帝《てんてい》から授かった、この世での寿命は二十五年。田村麻呂が大嶽丸を退治した年に当たっていた。

田村麻呂は「ならば、せめて最後まで一緒にいよう」と口説いたが、鈴鹿御前は帝の命を優先するように言い、彼を都に帰していたのだ。

死後三年が経過していても、鈴鹿御前の亡骸《なきがら》は生前そのままの美しさだった。しかし田村麻呂が側に膝《ひざ》をつくと、最後の別れを述べて消え失せてしまった。

悲しみに浸る田村麻呂は、やがて夢うつつで、妻とふたり、閻魔大王《えんまだいおう》の前に立っていた。

大王は田村麻呂を見て言った。

「お前は何をしにきた。まだ寿命は尽きておらぬぞ」

「夫婦は二世の縁と言います。なので、私は鈴鹿と共に来たのです」

「だめだ。お前は観音菩薩の生まれ変わりとして、魔物を退治する使命が残っておる。さっさとひとり娑婆《しゃば》に戻れ」

「妻も一緒でなければ、帰りまっせん!!!」

「…………」

この駄々《だだ》っ子《こ》ぶりに大王は負けた。

そして鈴鹿御前と同日同時刻に亡くなった娘に鈴鹿御前の魂を入れ、生まれ変わらせることを約束した。

夢から覚めた田村麻呂は、直ちに帝にそのことを告げる。

帝は勅使を立てて娘を探し、夢の通りの娘を見つけてあげた。そして、娘を田村麻呂の妻とした。

ふたりは末永く幸せに暮らしましたとさ。メデタシメデタシ。

……としたいところだが！　別の話ではこう記される。

人の娘に生まれ変わった妻を見て、田村麻呂は首を振った。

「俺の鈴鹿はこんな不細工《ぶさいく》じゃない！」

た、田村、おまっ！　結局は鈴鹿の体目当てか⁉

閻魔大王もさぞやご立腹、のはずなのだが、彼も人（閻魔大王はこの世で最初に死んだ人間だ）。

「じゃあ、三年だけだよ」と、鈴鹿御前そのままを現世に戻してあげたという。


どうしてみんな、田村麻呂さんにはこんなに甘いのか。

それとも美女に勝てる男はいないという話なのか？

すっかり、鬼の話だかなんだかわからなくなってしまったが、物語は以上だ。

鈴鹿御前最強伝説、ご堪能《たんのう》いただけただろうか。

この話の根幹には史実としての蝦夷征伐があるのだが……今回はここまでにしておこう。

五之巻

大江山再び

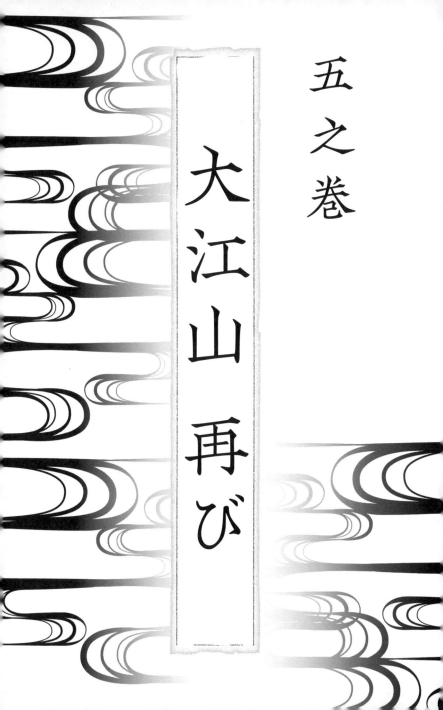

一

やはり、鬼というのはパワフルだ。

前巻にて、俎上《そじょう》に載せた鈴鹿御前《すずかごぜん》。あまりにも強く、あまりにハイテンションな生き様にすっかり振り回されてしまったらしく、私は暫《しばら》くの間、祭りの後みたいにクタクタになってしまった。

でもまあ、満ち足りた疲労感だったので、結構、気分は上々だ。

暫《しば》しは御前の女王様っぷりが、まるで見てきたかのように脳裡《のうり》から離れなかったけど……。

改めて実感したことは、いろんな意味で鬼は強いということだ。

幸い初めに危惧《きぐ》したごとき障《さわ》りは起きてないけれど、普通の人間である当方は用心に越したことはない。

気を引き締めて続けたい。

——とはいうものの、今回は一鬼との真っ向勝負は控《ひか》えておきたい。体力が続かないというのもあるが、有名な物語に隠《かく》れがちな鬼たちを取り上げたいからだ。

正直、鬼の話というのは、あまりバリエーションがない。

ごく簡単に言うならば、「悪いことをしたので、正義の味方にやっつけられた」。それだけでほとんどが括《くく》られてしまう。

ゆえに盛り上がりには欠けるかもしれない。しかし、似たような話だから無視するなんて、不人情なことはできかねる。

交通事故で家族を亡くした人を前にして「よくある話だよ」なんて、口が裂《さ》けても言えはすまい。

鬼たちの話も同様だ。

彼らの生き様は彼ら自身の唯一無二《ゆいいつむに》のストーリーだ。

何度も記《しる》しているように、物語に記された鬼たちの悪逆非道《あくぎゃくひどう》は、勝者側からの視点でしかない。いわば迫害《はくがい》や殺戮《さつりく》の正当化だ。もちろん、鬼とされたすべてのモノが善であるとは言えなかろうが、「征伐《せいばつ》」された鬼のすべてが悪であったとも思えない。

その証拠に、地元では愛すべき存在として、鬼たちは語られている。神社に祀《まつ》られている鬼もいる。

いくら昔の日本人がお人よしであったとしても、ただの連続殺人鬼を神と祀って、手を合わせることはしないだろう。

だから、私は無視できない。名前だけは出してあげたい。なるべくきちんと語ってあげたい。

まずは鬼伝説の基本、大江山《おおえやま》に話を戻そう。

丹後《たんご》の大江山には、酒天童子《しゅてんどうじ》伝説以外にも鬼の話が残っている。酒天童子の巻で少し触れた、麻呂子親王《まろこしんのう》の伝説がそれだ。

麻呂子親王の名を知っている人は少なかろう。だが、親王は用明天皇《ようめいてんのう》の第三皇子。一般の歴史書には当麻皇子《たいまのみこ》と記される実在した皇族だ。

そう。ご存じのように、用明天皇の第二皇子といえば聖徳太子《しょうとくたいし》だ。麻呂子親王は聖徳太子の異母弟《いぼてい》にあたる人物なのだ。

史実としての親王は、推古天皇《すいこてんのう》の御代《みよ》、征新羅大将軍《せいしらぎたいしょうぐん》であった来目皇子《くめのみこ》（聖徳太子の同母弟、麻呂子親王とは異母弟）の薨去《こうきょ》を受けて、翌年、征新羅将軍となっている。ただ、難波《なにわ》から船で出発したものの、途中、妻である舎人皇女《とねりのおうじょ》が薨去したため、皇女を明石《あかし》に葬《ほうむ》って新羅に向かわず引き返している。

……まあ、この辺りは私としてはどうでもいい話なのだが、つまりそういう人物が大江山にて鬼退治をしたわけだ。

用明天皇の時代というから、新羅に向かう以前の話だ。

当時、大江山は三上ヶ嶽《さんじょうがたけ》と呼ばれていた。そこには英胡《えいこ》・軽足《かるあし》・土熊《つちぐま》という三鬼を首領に戴《いただ》いて、多くの鬼が棲《す》んでいた。

正直、あまり大物感のない名前だが、この伝説を記した最古の文書『清園寺略縁起《せいおんじりゃくえんぎ》』によると、英胡・軽足・土熊はそれぞれ奠胡《てんこ》・迦楼夜叉《かるやしゃ》・槌熊《つちぐま》と記されており、こちらが本来の名前だったと推測《すいそく》されている。

迦楼夜叉なんて、耽美《たんび》な名前ではないか！

「酒天童子」が後代「酒呑童子」となったごとく、人口に膾炙《かいしゃ》するほどに鬼たちの名は諧《かい》謔味《ぎゃくみ》を帯びたり、簡素化《かんそか》される。

お伽噺《とぎばなし》としては楽しく、わかりやすいほうがいい。しかし、鬼に敬意《けいい》を払う私としては、正当とされる名を使いたい。

三上ヶ嶽に棲む奠胡、迦楼夜叉そして槌熊。朝廷はこれらの鬼を討伐《とうばつ》すべく、麻呂子親王に勅《ちょく》を下した……。

予《あらかじ》め言ってしまうと、この話は酒天童子伝説の原型だとされている。ゆえに、やっぱりムカつくのだ。

鬼は、棲・ん・で・い・た・だ・け・だ！

それをなぁにが討伐だ！　……と気炎《きえん》を吐きたいところだが、我慢して話を続けよう。

勅を奉《ほう》じた麻呂子親王は、一万騎《き》からなる大軍を率いて三上ヶ嶽へ攻め入った。しかし、鬼たちは妖術《ようじゅつ》を用いて、討伐軍を寄せつけなかった。

彼らは自在に空を飛び、雨を降らせ、身を隠すため、刀も矢も役に立たない。そこで親王軍は一旦退《しりぞ》き、親王自ら七体の薬師如来像《やくしにょらいぞう》を彫って祈念《きねん》した。

「鬼を討ち果たせたときは、これらの薬師如来像を祀り、丹後《たんご》に七寺を開きます」

薬師如来にそう請願して、親王は他にも多くの神仏に対して祈りを捧げた。

すると、どこからともなく、額《ひたい》に鏡《かがみ》をつけた白い犬が現れた。麻呂子親王はこの犬が神仏の遣いであることを察し、犬を先頭にして再び三上ヶ嶽へ攻め入った。

犬についた鏡の光は、鬼の姿を照らし出し、彼らの力をすべて封じた。そのお陰で、親王は勝利を収めることが叶《かな》った。

主立った三鬼のうち、僉胡と迦楼夜叉は殺されて、槌熊は生け捕りの身となった。

槌熊は生き残った鬼たちの助命を親王に願い出た。

麻呂子親王は条件を出した。

「七体の薬師如来像を安置する七つの寺の土地を一夜のうちに開くならば、命だけは助けよう」

槌熊たちは喜んで、条件通りの土地を探して、ひと晩のうちに七つの土地を開墾《かいこん》した。

麻呂子親王はそれを見届け、鬼たちを丹後半島先端にある立岩に封じた。

……すいません。やっぱり腹が立つので言わせてください。

あのなあ、神仏に祈誓《きせい》したのは親王でしょ？　あんたが自分で寺を建てるって言ったから、神仏の加護《かご》とやらが頂けたんでしょ？　なのに槌熊たちに場所を探させて開墾させるって、契約違反っていうヤツじゃないの？　社寺は上物《うわもの》以上に場所の選定が大切だっていうことは、私だって知っているわよ。それを鬼にやらせて、しかも用事が済んだら彼らを封じた!?　封じただけで殺してないから、命は助けたとか言うわけだ。よっくもまあ、そんな非道なことを。そういうのを詭弁《きべん》って言うんだ、覚えとけっ!!

――まったく、大江山を侵略《しんりゃく》しにくる連中は、揃《そろ》いも揃って卑怯者《ひきょうもの》だな。

ともかく、槌熊たちが開いた七つの寺院は現存している。

『多禰寺縁起《たねじえんぎ》』という書物に依《よ》ると以下となる。

施薬寺《せやくじ》（京都府与謝野町《よさのちょう》）・清園寺（福知山市大江町《ふくちやましおおえちょう》）・元興寺《がんごうじ》（京丹後市丹後町《きょうたんごしたんごちょう》）・神宮寺《じんぐうじ》（京丹後市丹後町）・等楽寺《とうらくじ》（京丹後市弥栄町《やさかちょう》）・成願寺《じょうがんじ》（宮津市《みやづし》）・多禰寺（舞鶴市《まいづるし》）。

丹後町の神宮寺には麻呂子親王のものと伝わる墓があり、また上記の寺院以外にも、名乗りを上げているところもあるようだ。

現在は廃寺になっているところもあるが、これらの寺院や寺院跡に行ったなら、親王ではなく、土地を開いた槌熊たちの影を偲《しの》んであげてください……。

さて。この話で目を引くのは、額に鏡をつけた白犬だ。

鬼の話、大江山の話が鉱物《こうぶつ》資源に結びつけられていることは、酒天童子の巻でも記した。鏡が金属なのはもちろんだが、万物を「木《もく》・火《か》・土《ど》・金《こん》・水《すい》」に分類配当する陰陽五行《いんようごぎょう》説《せつ》に則《のっと》れば、白も「金」、犬も「金」に配当される。

麻呂子親王自身、文献によっては金丸親王《かねまるしんのう》と記されており、この名はダイレクトに「金」と繋《つな》がる。

征伐軍の象徴に「金」を用いるのは桃太郎《ももたろう》伝説も同様で、猿・鳥（雉《きじ》）・犬は方位では西、即ち「金気」のあるところとなり、桃もまた五行では「金」となる。

一方、鬼もその持ち物が金棒《かなぼう》であったり、多くの伝説が鉱山にあるところから、踏鞴《たたら》製鉄や金山衆と関連づけて語られる。

実際、大江山も鉱山だ。ゆえに、これらの伝説を鉱物資源の争奪と見なす説が存在している。

しかし、鬼を「金」と結びつけるのは、少し慎重に考えたい。

なぜなら、古代中国にて成立した『山海経《せんがいきょう》』の中に、こんな記述があるからだ。

「東海の中に度朔山《どさくさん》がある。頂《いただき》に大きな桃の木があり、三千里にもわたって蟠屈《ばんくつ》し、その枝の間の東北を鬼門と言い、数多《あまた》の鬼が出入りする」

「鬼門」解釈の元となった記述だが、鬼門に当たる東北方位は、五行では「水」と「木」の境となる。しかし、本来、鬼の国は「東海の中」だ。加えて、鬼の姿に描かれる雷は五行では「木」に配当される。

五行は互いに生み育て（相乗《そうじょう》）、互いに勢いを削《そ》ぐ（相克《そうこく》）関係を取る。

その象意は万物《ばんぶつ》に亘《わた》るが、一番単純なところでは「金」は金属であり、金属でできた武器となる。その「金」が斧《おの》で伐《き》る（克する）のは、まさに「木」だ。

だから、何なんだと言われてしまえばそれまでだけど、私は桃太郎や麻呂子親王の話には、古代の資源争奪説以上に、陰陽道《おんみょうどう》的な東西、即ち「木」性と「金」性対立の図式を感じてしまうのだ。

閑話休題《かんわきゅうだい》。

現在、麻呂子親王伝説ゆかりの地は七十カ所に及ぶという。

全国における知名度こそ低いものの、酒天童子以前の大江山において、麻呂子親王伝説は広く受け入れられていたのだろう。

多くの伝説が残った理由のひとつには、親王が当該《とうがい》寺院の縁起に関わっていることにある。

聖徳太子の異母弟としての親王は、時代的に仏教受容の最前線にいたことになる。事実、奈良県葛城市《かつらぎし》に立つ当麻寺《たいまでら》の元となった寺は、麻呂子親王草創《そうそう》とされる。

また、聖徳太子が十七条憲法を制定した「文」の人なら、当麻皇子として征新羅将軍となった親王は「武」の人だ。

ゆえに仏教布教《ふきょう》の実動部隊として、大江山周辺に赴《おもむ》いて寺院を建てた可能性はある。そして、蘇我氏《そがし》が物部氏《もののべし》を滅ぼしたごとく、仏教受容を拒《こば》んだ現地の民を排除した可能性もあるだろう。

饕胡・迦楼夜叉・槌熊たちが実在した人間であったのか、超常的な神霊であったのかは不明だ。けれど、ひとつ確実に言えるのは、仏の加護《かご》を戴《いただ》きながら鬼たちを殺した親王は、やっぱり好きにはなれない、ということ。

不殺生戒《ふせっしょうかい》はどこ行ったんだよ……。

二

大江山にはもうひとつ、滅ぼされたモノの影がある。

聖徳太子よりもっと古い、第十代崇神天皇《すじんてんのう》の頃の話だ。

崇神天皇には、実在したヤマト王権初代天皇と考える説が存在し、神武天皇《じんむてんのう》と同一視《どういつし》する説もある。神話時代の天皇だ。

その時代に、大江山に関わる「まつろわぬもの」の記録がある。

まずは『古事記《こじき》』。

「日子坐王《ひこいますおう》をば旦波国《たんばこく》に遣《つか》はして、玖賀耳御笠《くがみみのみかさ》を殺さしめたまひき」

日子坐王は四道将軍《しどうしょうぐん》のひとり。四道将軍とは日本統一のため、全国の「まつろわぬもの」を成敗して歩いた武人。鬼にとっては敵軍の将だ。

『日本書紀』には日子坐王の子・丹波道主命《たにわのみちぬしのみこと》が四道将軍のひとりとして記されているが、玖賀耳御笠の記述はない。

玖賀耳御笠とは誰なのか。それを記すのが『丹後風土記残欠《たんごふどきざんけつ》』だ。

以下に話を紹介するが、実は『丹後風土記残欠』は、偽書《ぎしょ》の疑いが強いとされている。

偽書というのは時代や作者を偽って作られた、主に歴史的な書物を言う。ゆえに信憑性《しんぴょうせい》を疑われている『丹後風土記残欠』は、現在、一般的な古典全集には入っておらず、私家《しか》版《ばん》として発行されているのみだ。

だけど、ここで信憑性云々《うんぬん》を言ってしまうと、酒天童子も鈴鹿御前《すずかごぜん》も語ることはできなくなる。気にせず、話を続けよう。

——崇神天皇の世、丹後国の青葉山《あおばやま》の山中に陸耳御笠《くがみみのみかさ》という土蜘蛛《つちぐも》がおり、人民を損《そこ》なっていた。

そう。まず、お断りしておくが、陸耳御笠（=玖賀耳御笠）は鬼ではなくて、土蜘蛛なのだ。

記紀や『風土記』に出てくる土蜘蛛は、天津神《あまつかみ》を奉《ほう》じる天孫系《てんそんけい》即ち大和朝廷《やまとちょうてい》に恭順《きょうじゅん》しなかった、いわゆる「まつろわぬもの」だ。それがのちの時代になると、妖怪・化け物の一種となる。

人か、人ならぬモノか。超常的な力を持つのか否か。実在したのかしないのか。

これらの点と反大和朝廷側という点で、鬼と土蜘蛛は同等だ。

しかも、陸耳御笠は大江山にも関わってくる。ゆえに、今回は彼らをも鬼の一員として記していきたい。

――土蜘蛛の噂《うわさ》を聞いて、日子坐王は彼らを征伐《せいばつ》するため青葉山に赴いた。丹後国と若狭国《わかさのくに》の境《さかい》に至った時、突然、鳴り動いて輝く岩があった。形が金甲《かぶと》に似ていたので、これを「将軍の甲岩《かぶといわ》」と名づけた。

ここでまた、ちょっと補足しておくと、『風土記』の話のほとんどは伝説と絡めた地名由来になっている。また、この話は「残欠」とあるとおり、ところどころが抜けている。なので、わかりづらい部分は適当に繋《つな》げた。あれ？　と思うところも出てくるだろうが、とりあえず最後まで記していこう。

――日子坐王は官軍を従え、陸耳御笠を青葉山から追い落とした。陸耳御笠が稲《いね》や粟《あわ》などの穀物《こくもつ》の中に潜《ひそ》み隠れたため、日子坐王は馬を進めて穀物の中に入った。すると陸耳御笠はたちまち雲を呼び起こし、南の方に飛び去った。日子坐王は悔しかったのか、穀物をひどく踏み荒らした。

そののち、日子坐王は陸耳御笠の味方となった匹女《ひきめ》たちを追って、蟻道《ありじ》の郷の血原《ちはら》に至った。そこでまず匹女を殺した。

その時、陸耳御笠は降伏《こうふく》しようとした。しかし、川（由良川《ゆらがわ》）の下流から日本得玉命《やまとえたまのみこと》が追い迫ってきたのを知って、陸耳御笠は川を越えて逃れた。そこで日子坐王率いる官軍は盾を連ねて川を守り、イナゴの大群が跳ぶごとく、大量の矢を放った。

陸耳御笠の郎党は矢に当たって死ぬ者が多く、死体は川を流れていった。官軍は舟でその川を下りながら土蜘蛛を殺し、とうとう由良の港に至った。しかし、陸耳御笠と残りの土蜘蛛の行方はわからなかった。

そこで日子坐王は陸に上がって、石礫《いしつぶて》を拾って占《うらな》いをした。結果、与佐《よさ》の大山に陸耳御笠が逃れたことを知った。

――以上。

最後に欠落があるのか、『丹後風土記残欠』には陸耳御笠が殺されたという記述はない。逃げたとされる「与佐の大山」は大江山の別名で、「与謝大山《よさおおやま》」とも記される。鬼か土蜘蛛かを問わず「まつろわぬもの」の最後の砦《とりで》、そのひとつが大江山だったのかもしれない。

陸耳御笠の話はかなりの移動距離がある。

最初にいた青葉山は、福井県高浜町《たかはまちょう》と京都府舞鶴市《まいづるし》にまたがる双耳峰《そうじほう》。若狭富士の異称を持つ美しい山だ。そこから西に舞鶴、由良湾、と日本海側を横切って、最後、由良川の上流から、大江山に至っている。

鈴鹿御前の巻で語った高丸《たかまる》や大嶽丸《おおたけまる》も相当な距離を移動したが、陸耳御笠の場合、彼らとは少し事情が違う。

匹女が殺された「蟻道の郷の血原」は、現在の福知山市大江町千原《ふくちやましおおえちょうせんばら》になる。匹女というのは、その辺りに住んだ土蜘蛛族の女首長であったらしい。

つまり、陸耳御笠は戦《いくさ》の途中で、身内以外の援軍を得ていたということになるのだ。

『古事記』も『丹後風土記残欠』も、時代があまりに古すぎて、陸耳御笠自身の性格や容姿を語ってはくれない。が、離れた土地の者を味方につけ、共に戦った陸耳御笠は相当の勢力を持っていたと言っていいだろう。

加えて、日子坐王側が大量の矢を使ったこと、官軍側も援軍を得たことなどを考えると、陸耳御笠軍と呼んでいいほどの大集団だったようにも思える。

一方、日子坐王の援軍に駆《か》けつけた日本得玉命は、籠神社宮司家《このじんじゃぐうじけ》・海部氏《あまべし》の祖先だ。

籠神社は丹後国一宮《いちのみや》、元伊勢《もといせ》の一社とされる神社だ。

元伊勢というのは、現在伊勢に鎮座する内宮《ないくう》・外宮《げくう》の神々が、現在地に鎮《しず》まる以前に祀《まつ》られた伝承《でんしょう》を持つ社《やしろ》を指す。

社伝《しゃでん》によると、籠神社は天照大神《あまてらすおおみかみ》が四年間滞在した元伊勢「吉佐宮《よさのみや》」にあたる。場所は京都府宮津市《みやづし》大垣《おおがき》。ここは大江山の北に位置し、「吉佐宮」との名の通り、大江山の別称「与謝大山」と通じている。

つまり、大江山周辺は土蜘蛛や鬼たちの砦であると同時に、天津神系の要所でもあったということだ。激しい攻防が繰り広げられても、不思議はない。

麻呂子親王の話において、私は親王は仏教の伝道者として槌熊たちを討った可能性があると記した。今度は天孫系の神道との関わりだ。

槌熊と陸耳御笠の伝説は似ている。ツチグマという名も土蜘蛛に近い。大江山という場所も同じだ。このふたつの伝説は、無関係とは思えない。

そして、どうも私には、この話のすべてが事実無根《じじつむこん》の創作とも思われないのだ。土蜘蛛というのは天孫系から見れば「まつろわぬもの」だが、いわば在地の——本当の意味での国津神《くにつかみ》だ。

現在、国津神の代表は出雲《いずも》の神々のように言われているが、出雲系の神には尊称《そんしょう》がつけられ、神話でもきちんと扱《あつか》われている。

古代出雲国が無視できないほど強大だった証《あかし》だろうが、当然ながら、出雲にのみ国津神がおわしたわけではない。

全国にはいまだ、記紀神話には記《しる》されない神が祀られているところがある。

たとえば長野県諏訪《すわ》地方には、ミシャグチ神と呼ばれている神がいる。

この神がどういうものであったのか、いまだ定まらないところがあるものの、現在、諏《す》訪大社《わたいしゃ》のご祭神《さいしん》になっている建御名方神《たけみなかたのかみ》以前から諏訪にて祀られていたことは間違いない。

建御名方神は出雲の国譲りの際、諏訪に逃げたとされる国津神だ。その神が諏訪に至って、在地のミシャグチ神を吸収または融和《ゆうわ》して、今の状態に収まったのだ。

つまり、諏訪という土地は、本来の国津神の上に別の土地から来た国津神が乗っかっているということになる。

神々の攻防《こうぼう》というのは、その神を祀る人間同士の攻防でもある。

柔らかく行けば布教だし、抵抗があれば弾圧《だんあつ》・強制《きょうせい》となる。中には、国津神対国津神という攻防もあったに違いない。

回りくどい例を出したが、つまり、神としても扱われなかったモノ、あるいはそれを祀る人たちにも似たような歴史があったのではなかろうか――私はそう考えるのだ。

「妖怪《ようかい》とは零落《れいらく》した神である」と民俗学者《みんぞくがくしゃ》・柳田國男《やなぎたくにお》は言ったけど、土蜘蛛とされ、鬼とされたモノたちも、まさに勝者によって貶《おとし》められた神だったのではないかと、私は思う。

古代丹後地方で、天津神系と国津神系の戦いが現実にあったとしても、不思議ではない。それが時代が下るに従って、天孫系の「聖」に対する「魔」となり、そして陸耳御笠→槌熊→酒天童子の話となって、伝えられたのではなかろうか。

いや、『丹後風土記残欠』によれば、陸耳御笠は大江山に逃げたあと、殺されたという記述はない。ならば、陸耳御笠たちの子孫、あるいは郎党が大江山にて生き続け、時代を経るに従って、新たな鬼の姿を纏《まと》って、時代の権力者たちを脅《おびや》かしたとも考えられよう。

大江山とは離れるが、岡山県の鬼、温羅《うら》も四道将軍のひとり吉備津彦命《きびつひこのみこと》に殺されている。吉備津彦命は現在、備中国一宮《びっちゅうのくにいちのみや》である吉備津神社に祀られており、温羅の首は神社の境内、御釜殿《おかまどの》の竈《かまど》の下に埋められている。また、吉備津神社の西、総社市《そうじゃし》には、鬼ノ城《きじょう》と呼ばれる古代山城《やましろ》があり、温羅の居城だったとされている。

温羅は外から吉備に飛来してきて、製鉄技術をもたらしたという。

こういう具体性から、現在、研究者の間では、温羅は渡来系の製鉄民とするのが主流となっている。

しかし、人の首が竈の下に埋められて、御釜殿の神事のもとになっているというのは不思議だ。

御釜殿には鳴釜神事《なるかましんじ》という特殊神事がある。

この神事は、本殿で祈願したことが叶《かな》えられるか否かを釜の鳴る音で占うもので、温羅と密接に繋がっている。

伝説によると、吉備津彦命と戦った温羅は雉《きじ》や鯉《こい》に変化しつつも、最終的に首を刎《は》ねられる。命はその首を曝《さら》したが、首は時折、大声で唸《うな》った。

困った吉備津彦命は犬飼武命《いぬかいたけるのみこと》に命じて、犬に首を喰わせて骨だけにした。しかし、やはり声はやまない。そこで吉備津彦命は、当時より吉備津宮として存在していた御釜殿の竈の下深くに、温羅の骨を埋めた。それでも、温羅の首は唸り続けて、近郊にまで鳴り響いた。

そのまま十三年が経ったある晩、吉備津彦命の夢枕《ゆめまくら》に温羅が現れた。

温羅は自分の妻である阿曽媛《あそひめ》に釜殿の神饌《しんせん》を炊《た》かせるよう、吉備津彦命に告げた。命はこのことを人々に伝え、人々がそのとおりに神事を行うと、温羅の声は漸《よう》く鎮《しず》まった。

その後、温羅は鳴釜神事にて吉凶《きっきょう》を占う存在となった。

鳴釜神事は釜の鳴る音で神意を測る。その音は神からのお告げであると同時に、温羅の唸り声でもある……。

祟《たた》りや災厄《さいやく》↓夢枕にて場所や祭司者の指示↓鎮まって人々に益《えき》をもたらす。

この構図、実は荒ぶる神が条件を出して社《やしろ》に鎮まるという、典型的なパターンなのだ。

三輪山《みわやま》の主祭神・大物主神《おおものぬしのかみ》も、崇神天皇時に天変地異と疫病《えきびょう》を鎮める条件として、天皇の夢枕に立って己《おのれ》の祭司者を指定している。

つまり、吉備津神社に鎮まった温羅は、成敗された鬼というよりは、死してのちに神として祀られたナニカに近い。

私は以前、鳴釜神事をお願いしたことがある。

そこで印象的だったのは、本殿から来た神官が、御釜殿を取り仕切る巫女《みこ》・阿曽女《あそめ》（阿曽媛の末裔《まつえい》）に平伏《へいふく》して神札を渡したことだ。阿曽女は立ったまま、札を受け取った。

生憎《あいにく》、今の阿曽女は阿曽媛の血を引く者ではない。けれど、御釜殿の中では神官よりも上の立場にあったのだ。

伝説を少し斜めから見てみれば、温羅の位置は祟り神としての大物主そのものであり、吉備津彦命は大物主から指示を受けた崇神天皇と同じ立場だ。

強い鬼というのは、結局、モノとしての神と変わらない。

大江山にいたナニモノかが、姿形を変えつつも語り継がれていくごとく、彼らの影を単純に悪と捨て去ることはできない。一方的に貶《おと》めることは許されない。たとえ神として祀られずとも……。

それこそが本当の鬼の力——まつろわぬものたちが持つ「聖」なる力なのではなかろうか。

六之巻

土蜘蛛

一

神にあらず、鬼にあらず。人かも知れず、妖《あやかし》かも知れず。

——これが土蜘蛛《つちぐも》という存在だ。

前巻にて、陸耳御笠《くがみみのみかさ》という土蜘蛛《つちぐも》を取り上げたが、土蜘蛛は全国にいた。もしかすると、その末裔《まつえい》は今も生きているかもしれない。あなた自身が土蜘蛛の血を引いているかもしれないのだ！

そう言いたくなるほどに、そこらじゅうにいたのが土蜘蛛だ。

おさらいになるけれど、史書や物語に出てくる土蜘蛛は大和朝廷に恭順《きょうじゅん》しなかった存在だ。超常的な力を持つモノとして語られる一方、何の手もなく殺される土蜘蛛たちも沢山《たくさん》いた。

鬼と立場は似ているが、鬼より弱く、けれども鬼より多くいて、土蜘蛛たちは部族と呼んでもいいような集団を作って暮らしていた。

彼らは天孫族《てんそんぞく》以前から日本にいた。その頃は土蜘蛛とも呼ばれていなかった。なぜなら土蜘蛛という名が侮蔑《ぶべつ》を持って、最初に語られるのは神武天皇《じんむてんのう》のときからだからだ。

「高尾張邑《たかをはりのむら》に、土蜘蛛有り。其の為人《ひととなり》、身短《たけ》くして手足長し。侏儒《ひきひと》と相類《あいたぐ》へり。皇軍《みいくさ》、葛《かづら》の網《あみ》を結ひて掩襲《おそ》ひ殺しつ。因《よ》りて号《な》を改め其の邑を葛城と曰ふ。」

――『日本書紀』「神武天皇即位前紀《そくいぜんき》」に記された記述だ。

背が低く手足が長かったため、天孫族は彼らを「土蜘蛛」と呼んだ。そして葛で編んだ網で捕らえて、彼らのことを虐殺《ぎゃくさつ》した。

これが奈良・葛城の地名由来《ゆらい》というのだから、まったくもって恐ろしい。多分、当時の天孫族にとって、この虐殺は地名にしたいほどの高揚感《こうようかん》を伴《ともな》う出来事だったのだろう。まったくもって……溜息《ためいき》しか出ない。

現在、葛城山麓に鎮座《ちんざ》する一言主神社《ひとことぬしじんじゃ》には、この伝説ゆかりの「蜘蛛塚《くもづか》」が三つある。拾った情報によると、殺された土蜘蛛は頭・胴《どう》・脚《あし》に切断されて、拝殿横にはその胴の部分、脚は鳥居の百度石《ひゃくどいし》の傍《かたわ》ら、頭は社殿《しゃでん》の下に埋められているのだとか。

また、一言主神社から数キロ離れた金剛山《こんごうさん》の麓《ふもと》、高天彦《たかまひこ》神社にも土蜘蛛を埋めたとされる「蜘蛛塚」があり、神社から少し離れた林の中には「蜘蛛窟《くもくつ》」と呼ばれる史跡《しせき》もある。

いずれも葛城古道《かつらぎこどう》と呼ばれる道に沿った形だが、周辺は奈良時代から高天《たかま》と呼ばれ、神話における高天原《たかまがはら》の候補のひとつとされる地だ。神武天皇所縁《ゆかり》の場所ゆえ、土蜘蛛の伝説も大きく取り上げられたのだろう。

とはいえ、これが神武天皇伝説の中、一番派手《はで》な話というわけではない。ならばなぜ、ここに蜘蛛塚や蜘蛛窟その他が集中しているのだろうか。

いや、それ以前に、神武天皇の頃の史跡が残っているほうがおかしい。天皇が生まれたとされるのは紀元前七一一年。

あぁた、

これ、

縄文時代よ？

発掘された遺跡ならともかく、塚がそのまま残っているのは変だというのはわかるでしょう。

とはいえ、時代に齟齬《そご》はあろうが、ここに土蜘蛛がいたことに関しては信憑性《しんぴょうせい》があると思う。

前回、ちらっと神武天皇を崇神天皇《すじんてんのう》と同一視《どういつし》する説があると記した。その場合、崇神天皇は実在したヤマト王権初代天皇と考えられるのだ。

もっとも、これも生年を信じるならば、崇神天皇は弥生時代の人になる。しかし、実際、奈良葛城古道と山辺《やまのべ》の道《みち》周辺は、崇神天皇がらみの伝説・史跡が多い。崇神天皇陵《りょう》もあるし、三輪山《みわやま》伝説にも絡んでいる。

何より、この天皇は各地の『風土記《ふどき》』中にある土蜘蛛の記述にやたらと名前が出てくるのだ。

陸耳御笠《くがみみのみかさ》という土蜘蛛の話も、崇神天皇の時代となっている。そしてなんと、陸耳御笠を殺した日子坐王《ひこいますのおう》は崇神天皇の異母弟《いぼてい》なのだ。

葛城の土蜘蛛は土地の権威《けんい》付けのため、神武天皇が持ち出された。だが、実のところ土蜘蛛掃討作戦《そうとうさくせん》を行ったのは、崇神天皇あるいは崇神天皇に仮託《かたく》された何者かだったのではなかろうか……。

「蜘蛛塚」に話を戻そう。

地元の伝説では、葛城にいた土蜘蛛は千本の足を持つ巨大な化け物だったとされる。そして、殺された後、土蜘蛛は体をバラバラにされて埋められたという。

これは蘇《よみがえ》りを防ぐ呪術だ。平将門公《たいらのまさかどこう》も首と胴に分かたれた。吉備《きび》の温羅《うら》も首は神社の下にある。

それでも力のある首は空を飛んだり、声を上げたりするのだから、怨念《おんねん》というのは凄《すさ》まじい。

長野県安曇野《あずみの》には、八面大王《はちめんだいおう》という鬼の伝説が残っている。話は八世紀に実在した盗賊《とうぞく》集団の討伐《とうばつ》を下敷《したじ》きにしており、私の求める鬼伝説とはちょっと違う。だが、伝説上では、八面大王を討ったのは鬼世界の有名人、坂上田村麻呂《さかのうえのたむらまろ》さんとなっている。

戦いののち、大王の魔力を恐れた田村麻呂さんはその復活を阻《はば》むため、死体を分断して埋めた。

八面大王の体は首・耳・足・胴に分けられて、現在、首は長野県松本市の筑摩神社《つかまじんじゃ》に、耳は有明《ありあけ》の耳塚に、足を埋められた場所は立足《たつあし》という地名となって残っている。

胴体は大王神社《だいおうじんじゃ》となっているが、ここは今、大王わさび農場の敷地内。わさびソフトクリームが名物で……という話はさておき、八面大王、随分《ずいぶん》と切り刻《きざ》まれたものである。

ただ、八面大王のように集団で戦った場合、ひとつの体を分断したのではなく、首領を「首」、手足となった主立った部下を「胴」「足」として埋めた可能性もあるだろう。

葛城も似たような経緯《けいい》で、あちこちに塚ができたのではなかろうか。

しかしながら、現在、一言主神社の蜘蛛塚に添えられている説明板は『日本書紀』については語っていない。あるのは、謡曲《ようきょく》『土蜘蛛』についてだ。

この謡曲は『平家物語《へいけものがたり》』「剣巻《つるぎのまき》」に題材を取って作られており、その主人公は……そう。有名な妖《あやかし》退治に必ず出てくる暴力男だ。

「土蜘蛛？　あ、はいはい！　それ、俺が退治しました、俺がっ！」

分を弁《わきま》えずにしゃしゃり出てくる、源頼光《みなもとのらいこう》＋四天王《してんのう》。

但し、謡曲『土蜘蛛』の舞台は、葛城ではなく平安京《へいあんきょう》となっている。


――源頼光は瘧《おこり》（マラリア）を患《わずら》い、長い間伏《ふ》せっていた。あるとき、その病床《びょうしょう》に身の丈《たけ》七尺（約二百十センチメートル）の法師が現れ、縄《なわ》を放って頼光を絡めとろうとした。

頼光が枕元《まくらもと》に置いてあった名刀・膝丸《ひざまる》で斬《き》りつけると、法師は逃げ去った。

翌日、四天王を率いて、頼光が法師の残した血痕《けっこん》を追うと、北野神社《きたのじんじゃ》（北野天満宮《てんまんぐう》）裏手にある大きな塚に辿《たど》り着いた。掘り返してみると、全長四尺の巨大な「山蜘蛛」が現れた。頼光たちはこれを退治し、鉄串《かなぐし》に刺して河原に晒《さら》した。頼光の病も回復。そして、このときから膝丸は「蜘蛛切《くもきり》」と呼ばれるようになった……。

ちなみに謡曲では、土蜘蛛は「葛城山に年を経し土蜘蛛の精魂《せいこん》なり」と、自分の正体を語っている。葛城の蜘蛛塚に立つ説明板はこの一節を紹介しているのだが、神武天皇が討った土蜘蛛がなぜ、頼光の許《もと》に現れたのか。

作品に厚みを持たせたかったのか。源氏が天皇の血を引くからか。それを示したいために、能の作者は土蜘蛛にこんなことを言わせたのか。

後者とすれば、そんなおべっかは使わんでよろしいと言っておこう。

土蜘蛛と頼光がらみの話はもうひとつ、室町時代の頃に描かれた絵巻『土蜘蛛草紙《ぞうし》』でも語られている。

こちらの主役は頼光と、四天王のひとり渡辺綱《わたなべのつな》だ。

——頼光が綱たちを引き連れて京都の外れの蓮台野《れんだいの》に赴《おもむ》くと、空飛ぶ髑髏《しゃれこうべ》に遭遇した。追うと神楽岡《かぐらおか》に辿り着き、彼らはそこで荒れ果てた古い屋敷を発見する。

綱を待たせて、頼光が家に侵入すると、中には二百九十歳にもなるという老婆がいた。

「ここには鬼の塚があり、人もすっかり絶えてしまった。最早《もはや》どうしようもないので殺してほしい」

老婆は頼光に頼む。だが、ババアのせいか、頼光は無視。彼は勝手に家の中を探索した。

やがて日が暮れ、風雨が激しくなり、雷が鳴った。同時に、異形のモノがうろつきはじめ、身の丈三尺、うち二尺が頭という尼《あま》が現れた。頼光が睨《にら》みつけても、彼女はにこにこと笑っていたが、やがて雲のごとくに消えた。

明け方になると、今度は美しい女が現れた。「ここの家主かな?」と頼光は思ったが、女は鞠《まり》のような白雲を十個ほど投げつけてきて、頼光は目が見えなくなった。慌てた頼光が刀を振るうと女は失せ、入れ代わりに綱が駆《か》けつけてきた。

太刀《たち》は板敷を貫《つらぬ》き折れていて、白い血がついていた。血痕を追うと、いつのまにか屋敷に戻ってしまった。しかし、もう老婆の姿はない。

頼光は「化物に喰われてしまったのだろう」とあっさり切り捨てる。そして更に探っていくと、西山の洞窟《どうくつ》の中から、細い川のごとくに白い血が流れているのを発見した。

頼光と綱は用心のため、藤や葛《かずら》で作った人形に烏帽子《えぼし》と衣を着せて、それを先頭に洞窟に入った。

洞窟の奥にはまたも寂れた家があり、錦を被ったような巨大な「化人《けにん》」がいた。

「体が重くて苦しい」と化人が叫ぶと同時に、折れた太刀先が飛んできて人形に突き刺さった。目くらましに助けられた頼光は、化人を洞穴から引きずり出して首を斬る。

死んだ化人は巨大な山蜘蛛《やまぐも》と変わり、その腹から死人の首が千九百九十個、加えて切り裂いた脇腹からは、人の子供ほどの小蜘蛛が数知れないほど現れた。

頼光らは山蜘蛛の首を埋め、住処《すみか》を焼き払って帰路についた。

この話は帝《みかど》の耳に入って、頼光と綱は恩賞を受けた……。

お婆さん無視！

美女だと「家主かな？」なんて都合の良い解釈をして後れを取るくせに、年寄りは無視！いなくなっても、探しもしない！

相変わらずの女好き。勝手な暴力集団だ。

この神楽岡の伝説は、酒天童子《しゅてんどうじ》の話にも似ている。

両者とも二百年以上生きた不老不死の女性が出てくるし、本拠地が洞窟や岩穴の先にあるというのも同じだ。

きっと古《いにしえ》の神楽岡にも、竜宮城に似た「常世《とこよ》」のイメージがあったのだろう。

しかし、神楽岡の居城はすでに荒《あば》ら屋《や》となり、不死の女性も若いままではいられない。残念ながら、平安時代にはもう土蜘蛛の力は衰退《すいたい》し、最早《もはや》、都を脅《おびや》かす力は残っていなかったのだ。鬼とは異なるところである。

謡曲『土蜘蛛』と絵巻『土蜘蛛草紙』。このふたつの土蜘蛛譚《たん》は、京都市内に史跡が残っている。

『土蜘蛛』に出てきた北野神社裏手の塚は、今でいう上七軒《かみしちけん》の辺りになる。以前、ここから古い灯籠《とうろう》が発掘されて「蜘蛛灯籠」と呼ばれた。が、もらい受けた人に祟《たた》りがあったため、現在は北野天満宮表参道《てんまんぐうおもてさんどう》沿いにある東向観音寺《ひがしむきかんのんじ》に奉納《ほうのう》されている。

『土蜘蛛草子』にて髑髏が飛んできた蓮台野には「源頼光朝臣塚」がある。こちらは頼光の墓とも、土蜘蛛がいた塚とも言われている。

蓮台野は化野《あだしの》、鳥辺野《とりべの》と並ぶ風葬《ふうそう》の地だ。何の用で頼光がここに行ったかは知らないが、髑髏くらいなら、いつでも飛んでいそうな土地だ。

お婆さんのいた神楽岡は京都市左京区《さきょうく》、吉田神社《よしだじんじゃ》の辺りになる。

吉田神社の摂社《せっしゃ》には神楽岡社という社《やしろ》があって、地主神が祀《まつ》られている。ご祭神は大雷《おおいかづち》神《かみ》・大山祇神《おおやまづみのかみ》・高龗神《たかおかみのかみ》。今、神社のある場所は吉田山とされている。が、もともとは神楽岡の一部だったと推察される。

ひっかかるのは、北野天満宮も神楽岡も、共に雷神を祀っていることだ。北野天満宮のご祭神は現在、言うまでもなく、日本三大怨霊《おんりょう》の菅原道真公《すがわらのみちざねこう》だ。だが、ここに公が祀られる以前から、北野では雷神が祀られていた。それゆえに、雷を操《あやつ》って祟《たた》りを為した道真公が祀られたのだ。

平安京の人々にとって、雷は怨霊やモノノケのメタファーとされていたのだろうか。

京都の雷神関係の地では、俗に上賀茂神社《かみがもじんじゃ》と称される賀茂別雷神社《かもわけいかづちじんじゃ》も挙げられる。ご祭神である賀茂別雷大神は賀茂氏の祖神で、その賀茂氏は葛城郡鴨《かも》の地を拠点としていたという説がある。

『山城国風土記《やましろのくにふどき》』逸文《いつぶん》によると、賀茂氏の祖は神武天皇を先導し、葛城から山城国（京都府の一部）へ至ったとか。ならば、土蜘蛛掃討作戦《そうとうさくせん》に賀茂氏が加わった可能性がある。いや、賀茂氏の根っこは土蜘蛛と同じで、天孫側についたゆえ、生き延びたとも考えられよう。

いずれにせよ、葛城の土蜘蛛の怨念《おんねん》は、京都の伝説に根を下ろした。

ある意味、負の遺産として、京の地を覆《おお》っているとも言えるだろう。つまり、それほどに土蜘蛛の怨念は強かったということだ。

鬼は都に入れなかった。一方、力が弱いとはいえ、土蜘蛛は京の都に進入している。理由はわからないのだが、これもまた、鬼と土蜘蛛の大きな差と言っていいだろう。

二

神武天皇がらみでは、もうひとつ、土蜘蛛討伐の話がある。

場所は奈良県桜井市忍阪《さくらいしおっさか》。『古事記』で唯一、土蜘蛛が出てくる箇所だ。

ここの土蜘蛛は尾が生えた「八十建《やそたける》」。名の意味は「数多くの獰猛《どうもう》な者たち」を表す。

――天皇が忍坂《おさか》の大室《おおむろ》に至ったとき、尾の生えた土蜘蛛が多くいた。天皇は彼らに料理を振る舞うことにして、料理を運ぶ久米部《くめべ》の人たちに太刀《たち》を持たせて言った。

「歌を聞いたら、それを合図に奴らを斬《き》れ」

宴会中、やがて歌が響いた。

「忍坂の　大室屋《おほむろや》に　人多《ひとさは》に　入《い》り居《を》りとも　人多《ひとさは》に　来入《きい》り居《を》りとも　みつみつし　久《く》

米《め》の子《こ》が　頭椎《くぶつつ》い　石椎《いしつつ》いもち　撃《う》ちてし止《や》まむ」
（忍坂の大室屋に人が沢山入っている。沢山の人がいても、久米部の人たちが太刀と石の武器を持って撃って終えよう、撃たずにおくものか）

歌と同時に土蜘蛛たちは一斉《いっせい》に斬り殺された。

……ひどい話ではないか。

もっとも正々堂々などというのは、武士道が成立して以降のものだ。今の私たちの感覚で古代の戦《いくさ》は語れない。ましてや、天孫族にとっての土蜘蛛は、人とも思わなかった相手である。まともに戦う必要はない。騙《だま》し討ちはお手の物だ。

ちなみにこのときの歌は久米歌と呼ばれ、襲撃合図の一節「撃ちてし止まむ」は太平洋戦争時のスローガンにも採用された。

勇ましい文言《もんごん》なのは確かだが、騙し討ちの合図を戦意高揚《せんいこうよう》に使うとは、何を考えていたのだろうか。

ともあれ、忍坂の土蜘蛛は尾があったと記されている。

尾のある存在は、吉野では国津神《くにつかみ》とされており、一柱《ひとはしら》は光る井戸《いど》から出てきた井氷鹿《いひか》（または井光）、もう一柱は岩を押し分けて現れた石押分之子《いわおしわくのこ》となる。

石押分之子は吉野の国巣《くず》（土着民《どちゃくみん》）の祖だとあり、『常陸国風土記《ひたちのくにふどき》』では国巣の別称を土蜘蛛としている。

つまり、土蜘蛛は事情如何《いかん》では国津神とされる存在だったのだ。

そうならなかった理由はひとつ——天孫族に従ったか、恭順《きょうじゅん》せずに「まつろわぬもの」となったか、それだけだ。

葛城の土蜘蛛も忍坂の土蜘蛛も、まったくもって救われないが、忍坂や他の土蜘蛛伝説には、葛城ほどの怨嗟《えんさ》は見当たらない。なぜ葛城だけが暗い思いを抱き続けるのか。

理由はいくつか想像できる。

ひとつは、陸耳御笠《くがみみのみかさ》のような個人名が伝えられていないことだ。

土蜘蛛という名前自体、いつも穴の中にいるから賤《いや》しい名を与えて土蜘蛛とした、と伝わっている（『摂津国風土記《せっつのくにふどき》』逸文《いつぶん》）。

本来、彼らは自分たちを呼ぶ名を持っていたはずだ。個々の名前も当然あった。

葛城の土蜘蛛伝説はそれらすべてが剝奪《はくだつ》され、ただの化け物として、神話の添えものになってしまっている。無念でないはずがない。

ゆえに、土蜘蛛たちは今に至るまで、鬼よりも昇華《しょうか》されない怨念をとどめているのではないか。私はそう考える。

鬼は祀られ、親しまれ、「鬼」という単語は褒《ほ》め言葉としても用いられる。鬼の力は凄《すさ》まじいが、その分、リスペクトもされる。

けど、土蜘蛛は違う。大概は言葉も通じない化け物として扱われ、あっという間に殺されるのだ。

少しおかしな話をするけど、百年、二百年と刷《す》り込まれ続けた言葉は、記憶はもちろん対象となる魂の形を変えてしまう。

ゆえに、葛城に眠る土蜘蛛は今、自分たちを本当の化け物だと思っている気がしてならない。怨念自体、化け物である自分らが持つ瘴気《しょうき》だと、勘違いさせられているのではなかろうか。

そうなったもうひとつの理由は、葛城のみが繰り返し、勝者の物語に利用され続けてきたからだ。

京に伝わった怨念は、巨大な蜘蛛の化け物と変じた。それは勝者が敗者に押しつけた、悪しき記憶の形だ。しかし、その記憶は土蜘蛛自身を縛《しば》る呪詛《じゅそ》にも近いのだ。

実際、この原稿を書いているときも、私の脳裡《のうり》にはこの世ならぬ化け物の映像ばかりが浮かんでくる。が、それらがどこか作り物じみているのも確かなことだ。

それは映像が真実ではなく、長い時間を経るうちに、土蜘蛛自身の魂に刷り込まれてしまったイメージだからだ。

イメージでしかないからだ。だから、

「そんなことはないからね！」

強く、ここで言っておこう。

三

土蜘蛛と呼ばれた何者かは、決して醜《みにく》い化け物ではない。

先住民としての土蜘蛛が生き生きと記《しる》されている話はいくつもある。

ひとつは『陸奥国風土記《むつのくにふどき》』逸文、現在の福島県に伝わる話だ。景行天皇《けいこうてんのう》の御代《みよ》、ここにはそれぞれ一族を従えた八人の土蜘蛛たちがいた。

名を黒鷲《くろわし》、神衣媛《かむみぞひめ》、草野灰《くさのはい》、保保吉灰《ほほきはい》、阿邪尓那媛《あざになひめ》、栲猪《たくしし》、神石萱《かむいしかや》、狭磯名《さしな》という。

景行天皇は日本武尊《やまとたけるのみこと》にその征伐《せいばつ》を命じたが、土蜘蛛たちは津軽《つがる》の蝦夷《えみし》と共に防戦し、石の柵《さく》を巡らせて、強弓《こわゆみ》をもって官軍を射《い》た。

最後は官軍側の勝利となるが、神衣媛と神石萱は許されて、子孫は綾戸《あやべ》と名乗ったという。

土蜘蛛の記録を見ていると、女首長が多いことにも驚かされる。

「媛」「女」とついた土蜘蛛だけでも、先の福島においては神衣媛と阿邪尓那媛。九州・福岡県では田油津媛《たぶらつひめ》、佐賀県・大山田女《おおやまだめ》、狭山田女《さやまだめ》、海松橿媛《みるかしひめ》。長崎県は浮穴沫媛《うきあなわひめ》。大分県は五馬媛《いつまひめ》。そういえば、神楽岡にいた土蜘蛛も子を孕《はら》んだ女であった。

土蜘蛛と呼ばれたものたちは、卑弥呼《ひみこ》のごとき女性首長を戴く存在でもあったのだろう。殊《こと》に『肥前国風土記《ひぜんのくにふどき》』に記された大山田女、狭山田女は天孫側の領主から賛辞《さんじ》まで送られている存在だ。

——佐嘉川《さかがわ》の川上に荒ぶる神（現在の與止日女神社《よどひめじんじゃ》）がおり、道行く人の半分を殺していた。その地方の領主が神意《しんい》を占っていたところ、居合わせた土蜘蛛の大山田女と狭山田女がこう言った。

「下田（與止日女神社の対岸）の村の土を取って、人の形・馬の形に作ってこの神を祀れば、必ず鎮《しず》まることでしょう」

言われたとおりにすると、神はそれを受け入れて鎮まった。

領主は土蜘蛛を讃《たた》えて、「彼女たちは非常に賢《かしこ》い女性だ。だから賢《さか》し女《め》を国の名にしよう」と言った……。

このことによってか、大山田女と狭山田女は殺されていない。いずれにせよ、神の意を知り、それを伝える彼女らは優れたシャーマンだったのだ。

土蜘蛛には祭主を示す「祝」の名を持つ男性もいる。土蜘蛛の族長は卑弥呼のごとく、呪力や霊能をもって一族を統治していたのかもしれない。

ならば『魏志倭人伝《ぎしわじんでん》』に記された卑弥呼もまた、時代が違えば、土蜘蛛と呼ばれていてもおかしくない。

彼女たちの存在は、男系支配の天孫族より古い日本のあり方を思わせる。

そんな魅力的な女性首長の中、最初に福島の土蜘蛛を取り上げたのは、子孫の存在が示《し》唆《さ》されているからだ。

実は昔、私はとある青年と言葉を交わしたことがある。

出会ったのは観光地で、彼はそこでアルバイトをしていた。背の高い美青年だったと記憶しているが、何より目についたのはアンバランスなまでに長い手足だ。

「手も足も長いですね」

雑談の中で、私は言った。彼は照れ笑いして答えた。

「うちの家系、みんなこうなんですよ」

「この辺り（訪れた観光地）の人なんですか？」

「いいえ。実家は京都。でも、京都市じゃなくて京都府の、本当に自分たちしかいないような山奥なんです。話によると、そこでずうっと何百年も前から暮らしているとか」

「へえ、すごい。名家なんですね」

「違いますよ。それどころか、昔は山賊《さんぞく》だったと言われてるんです」

「カッコイイ！　名字聞いてもいいですか？」

「〇雲と言います」

「そ、それは……」

正直、二《に》の句《く》が継げなくなった。

訊《き》きたいことや言いたいことは山のように頭を駆《か》け巡《めぐ》ったが、私の言葉を彼が喜ぶとは限らないし、場合によっては怒るかもしれない。なんといっても土蜘蛛という言葉は「賤《いや》しい」名前であるからだ。

結局、何も言えぬまま、彼とはその場限りの会話で終わってしまった。しかし、もしかしたらといった気持ちは、未《いま》だ拭《ぬぐ》えずに残っている。

『越後国風土記』逸文には、八掬脛《やつかはぎ》と呼ばれた土蜘蛛が出てくる。

八掬脛という名称は、膝《ひざ》から足首までの脛《すね》の部分が、拳《こぶし》を八つ並べたほど長いという意味だ。

試みに拳を並べて自分の足を測ってみると、足全体の長さより少し足りない程度だった。八掬は誇張《こちょう》した言い方だろうが、足が長くて胴が短いのなら、長身でスタイルの良い人となる。「身短くして手足長し」でも「侏儒《ひきひと》」との記述は当てはまらない。

また同史料には、八掬脛は土蜘蛛の「後裔《こうえい》」であり、その一族は大勢いる、とも記されている。

ここでも彼らは滅びていない。

多くは殺されてしまったが、生き延び、血を繋ぎ、今現在も普通に生活している可能性はある。

――だから、「安心していいよ」

私は葛城の土蜘蛛に言いたい。

多分、土蜘蛛は呪能《じゅのう》を持った先住民――人間だったと思う。だが、後代にかけられた呪《のろ》いによって、化け物にされてしまったのだ。

千年に亘《わた》る厳しい呪詛《じゅそ》は容易に解けはしない。

けど、そこからの解放を願う者もいることを忘れないでいてほしい。

七之巻

北の鬼たち

一

東北は鬼の王国だ。

ゆえに鬼好きの私にとっては、愛《いと》しい愛しい土地である。

ヤマト側から見た場合、「鬼」は朝廷に恭順《きょうじゅん》しない「まつろわぬもの」の別称だ。その定義は東北の蝦夷《えみし》を鬼と呼ぶ場合でも同じだった。

しかし東北人の視線は違う。

彼らは自身が「鬼」を愛し、「鬼」であることに誇《ほこ》りを持って生きてきた。そして目に見えない鬼たちを自分たちの身近に置いて、親しい神として祀《まつ》ってきたのだ。

今、一般的に東北地方と呼ばれる県は、青森県、岩手県、宮城県、秋田県、山形県、福島県の六つとなる。

この場合の「東北」とは、朝廷のあった近畿地方から見た方位のことを指している。風水からみた東北方位は「鬼門《きもん》」と呼ばれて、普通は忌避《きひ》される。なので、日本の東北地方も、鬼の居る場所として西の人々に納得されてきた。

ちょっと、鬼門について補足しよう。

鬼門という言葉や概念《がいねん》は、中国の古い地理書である『山海経《せんがいきょう》』が元となっている。

いわく「東海の中に度朔山《どさくさん》がある。頂《いただき》に大きな桃の木があり、三千里にもわたって蟠屈《ばんくつ》し、その枝の間の東北を鬼門と言い、あまたの鬼が出入りする」。

以前にも紹介した一節だけど、これを読むと、私はいつも疑問が湧《わ》く。

「桃」の記述が腑《ふ》に落ちないのだ。

呪術的な視点からすると、桃は邪気《じゃき》を退《しりぞ》ける。

その枝も種《たね》も魔除《まよ》けになるし、道教《どうきょう》の女神である西王母《せいおうぼ》は不老長寿《ふろうちょうじゅ》の桃を持つ。

また、日本の神話『古事記《こじき》』では、黄泉《よみ》の国から逃げる伊邪那岐命《いざなぎのみこと》が桃の実を投げて冥界《めいかい》の追っ手から逃れたために、命は桃の実に意富加牟豆美命《おほかむづみのみこと》（意味は、偉大な神の霊異《れいい》）というすごい神名を授けている。

そして「汝《なんじ》、我を助けたごとく、葦原中国《あしはらのなかつくに》（地上世界）のあらゆる生ある人々が苦しき瀬に落ち、憂い悩む時は助けてほしい」と、桃の実の神霊に命じるのだ。

ちなみに『日本書紀《にほんしょき》』では簡略化され、意富加牟豆美命の名は出ない。「桃を用いて鬼を避《ふせ》ぐことのもとなり」と記されているのみだ。

鬼を避ぐ桃？　魔除けの桃？　不老長寿の桃？

その大木に守られた地がなぜ、『山海経』では鬼の住処《すみか》になっているのか。まったく意味がわからない。この文を素直に読むならば、鬼のいる度朔山は美しく、清《せい》浄《じょう》な地になるではないか。

本書の序に記したが、中国における「鬼」は死霊《しりょう》を指す。ならば、度朔山は美しい浄土のような場所なのだろうか。

とはいえ、日本における東北が、鬼の住処と認識されていたのは事実だ。そして日本列島の中での東北方向は、蝦夷たちの国でもあった。

蘇我蝦夷《そがのえみし》の名があるとおり、蝦夷には「勇敢《ゆうかん》な人」という意味もある。けれども、政治的な意味での蝦夷は、王化《おうか》に従わない荒ぶる民、礼儀を知らない野蛮人《やばんじん》、またはその地方として用いられてきた。

古代の蝦夷《えぞ》地《ち》は東北に限らず、ほぼ東日本全体を指していた。

文献《ぶんけん》における「蝦夷」の初出は『日本書紀』景行天皇の記録だ。そこには武内宿禰《たけのうちのすくね》が北陸及び東方を視察《しさつ》して、天皇に報告した言葉が記されている。

「東の蛮族《ばんぞく》が住む国の中に、日高見国《ひたかみのくに》があります。その国の人は男女ともに髪を椎《しい》のような形に結って刺青《いれずみ》をし、人となりは勇ましく精悍《せいかん》です。これを総じて蝦夷と言います。また、その土地は肥沃《ひよく》で広大です。討《う》って取りあげてしまうべきでしょう」

この言葉がひとつのきっかけとなり、日本武尊《やまとたけるのみこと》は東征《とうせい》することになるのだが……ちょっと待て。

土地が肥沃で広いからって、襲撃してぶんどっていいわけないだろっ⁉

野蛮きわまりないこの思考は、古代から近代に至るまで、何の自省《じせい》もなく鬼の物語で繰り返されて、そのたび、私を怒らせる。

本当にもう、いい加減にしてほしい。私は鬼への愛を語りたいのであって、殺伐《さつばつ》とした感情を皆にぶつけたいわけではないのだ。

ともあれ、四世紀後半から五世紀頃とされる景行天皇の時代から、東北はヤマト側の侵略を受け、それは平安時代後期の奥州藤原氏《おうしゅうふじわらし》滅亡まで延々と続くこととなる。

その中、多くの人々が鬼と呼ばれ、鬼と呼ばれる英雄となり、いくつもの伝説が生まれていった。

それら東北の鬼伝説の代表とも言える鬼が、悪路王《あくろおう》サマだ。

名前だけでも惚《ほ》れそうな方だ。

悪路王サマは、かの坂上田村麻呂《さかのうえのたむらまろ》さんと戦って敗れた鬼だ。物語の詳細《しょうさい》は後に譲《ゆず》ることにして、まずは死後の悪路王サマ――その首の話をしたいと思う。

現在、茨城県鹿嶋市《かしまし》・鹿島神宮《かしまじんぐう》の宝物館《ほうもつかん》には、悪路王の首を酒に漬けて運んだ桶《おけ》、そしてその首像《くびぞう》とされるものが展示されている。

作り物の首ではあるが、正直、悪役レスラーみたいな顔立ちで、私の希望とはかけ離れている。

絶対に、もっとカッコよくなきゃヤダ、ヤダ、ヤダ!

……まあ、でも真面目に言うならば、伎楽《ぎがく》(日本最古の外来芸能、仮面劇)の仮面を元にしたのではないかと疑う造形《ぞうけい》だ。

その悪役レスラーに加えて、茨城県にはもうひとつ、悪路王の首とされるものが存在している。

東茨城郡城里町高久《しろさとまちたかく》の鹿島神社にある「悪路王面形彫刻《あくろおうめんぎょうちょうこく》」がそれだ。

鹿島神宮のものより知名度は低いが、この首の造形は凄まじい。

町の指定文化財になっている面は、月代《さかやき》を剃《そ》ったざんばら髪に真っ白い顔、見開いた目、開いた口と、まさに怨嗟《えんさ》の表情を湛《たた》えた死人の相を表している。

縁起《えんぎ》によると、延暦《えんりゃく》年間に田村麻呂さんが北征《ほくせい》した折、達谷窟《たっこくのいわや》で悪路王を誅《ちゅう》し、高久の地にその首を納めたという。首は最初、ミイラであったものを、のちに面に模《も》したのだとか。最初はホンモノだったのか……。

この面は鹿島神宮の首像よりも古いものであるらしく、水戸黄門《みとこうもん》、即《すなわ》ち徳川光圀《とくがわみつくに》が家来に命じて修理させた記録が残っている。

田村麻呂さんの時代はまだ月代は剃ってなかっただろうから、今の落ち武者へアスタイルは、光圀時代の修理担当者がアレンジしたのかもしれない。

その真偽はともかく、面白いのは、この首はやがて鹿島神社の社宝《しゃほう》となり、今では祭礼の日に人々が拝む対象になっているということだ。

朝廷から見れば敵役《かたきやく》になる鬼が、いつの間にか神様に昇格してしまったわけ。うむ。素晴らしいぞ、茨城県民！

残念なのは、どちらの首も私の好みではないことだ。しかし、これらの首が常陸国《ひたちのくに》に納められていることは気に掛かる。

さきほど、古代の蝦夷地はほぼ東日本全体を指していたと記したはずだ。そのヤマトと蝦夷の境界線のひとつが茨城県、つまり常陸国だ。

無論、境界線は時代によって変化する。

景行天皇の時代は武蔵国《むさしのくに》まで入っていたし、時が経《た》つにつれ、ヤマトが押して蝦夷地はどんどん北上していく。しかし、関東以北に後退していくまでのしばしの間、常陸国は確かに蝦夷の前線基地になっていた。

『常陸国風土記《ひたちのくにふどき》』には、ここを常世《とこよ》の国と呼ぶ記述がある。

肥沃で広大な土地があり、海の幸にも恵まれて、人々は心安らかに暮らしている。

「古人曰《いわ》く常世の国、けだし疑わんこの地と」（古《いにしえ》の人が言う常世の国とは、この土地のことではなかろうか）

常世の国とは、海の彼方《かなた》にあるとされた異界だ。そこは永久に変わらない神域であり、不老不死、また死後の世界であるともされた。が、一般的には豊かな理想郷として観想される世界を指す。

酒天童子《しゅてんどうじ》の「鬼隠《おにかく》しの里《さと》」、鈴鹿御前《すずかごぜん》の居城もまた理想郷として描かれていた。

理想郷は桃源郷《とうげんきょう》とも称される。桃源郷は中国の詩人・陶淵明《とうえんめい》が著した『桃花源記《とうかげんき》』にて桃の林に囲まれていると記された、平和で豊かな別世界だ。

それはまさに、三千里にもわたって桃の枝が広がる度朔山――鬼門のある世界にも通じている。

武内宿禰も、蝦夷の土地は肥沃で広大だと言っていた。

つまり、鬼の国・蝦夷の国は理想郷としての常世であり、桃源郷でもあったのだ。

そしてその過去の境界線上のひとつに、蝦夷の鬼である悪路王の首は祀られているというわけだ。まるで、ヤマトに対していまだに睨《にら》みを利《き》かせているようではあるまいか。

但《ただ》し。

肝心《かんじん》の悪路王の物語だが、正直なところ、彼の魅力を伝えることは難しい。なぜなら「悪路王」は悪路王としての個性をほぼ発揮していないからだ。

鹿島神宮宝物館にある首像についての説明はこうだ。

「平安時代、坂上田村麻呂将軍が奥州において征伐した悪路王（阿弖流為――アテルイ）の首を寛文《かんぶん》年間・口伝《くでん》により木製で復元奉納したもの」

高久の鹿島神社に残る面については、桂村《かつらむら》（現・城里町《しろさとまち》）教育委員会がこう記す。

「延暦年間、坂上田村麻呂が北征のおり、下野達谷窟で賊将高丸《ぞくしょうたかまる》（悪路王）を誅《ちゅう》し凱旋《がいせん》の途中、携《たずさ》えてきた首を納めた」

阿弖流為は実在した蝦夷《えみし》の長《おさ》だ。高丸は鈴鹿御前の巻に出てきた鬼。また、同じく鈴鹿御前の物語でラスボスとされた大嶽丸《おおたけまる》も、悪路王とされることがある。

悪路王という名は蝦夷や鬼であるというだけで、実体の摑めない存在だ。個人名というよりは、活躍した東北の鬼や蝦夷の総称と考えてもいいだろう。

名前が格好《かっこう》良いだけに、なんとも惜しい展開だ。首の出来も残念だけど、まともな話がないのも悔しい。できれば悪路王さまオリジナルの話を読んでみたかったのだが……。嘆《なげ》いていても話は続かぬ。

悪路王は高丸よりも阿弖流為に重ねられることが多いので、ここで少し阿弖流為の話をしてみたいと思う。

重ねて記すが、阿弖流為は実在した人物なので、超常的な力は持たない。

だが、その生き様はまさに英雄そのもの。東北人はもとより全国に熱烈なファンがいる。

二

——阿弖流為登場前夜の奈良時代後期。朝廷は表舞台に立たず、親ヤマト派の蝦夷を用いて、反乱勢力を抑えていた。

しかし、宝亀《ほうき》十一年（七八〇）。親ヤマト派だった蝦夷も、徐々に不満を募《つの》らせて反乱を起こす。伊治呰麻呂《これはるのあざまろ》の乱《らん》だ。

これをきっかけに、両軍は三十年もの長きにわたる泥沼《どろぬま》の戦争へと突入していく。

阿弖流為が登場するのは延暦《えんりゃく》八年（七八九）。桓武天皇《かんむてんのう》によって、征東大将軍《せいとうたいしょうぐん》となった紀《きの》古佐美《こさみ》が派遣されたときのことだ。これを巣伏《すぶし》（岩手県奥州市江刺区《おうしゅうしえさしく》）の戦いという。

この戦《いくさ》こそ、阿弖流為ファンが頰を紅潮《こうちょう》させて語るツボだ。

紀古佐美軍の兵力は約一万。迎え撃つ阿弖流為軍は約千人。しかし、なんと！　阿弖流為軍は戦力の差をものともせずに、圧倒的勝利を収めてしまうのだ!!

阿弖流為軍は敵軍を分断、包囲して、地の利《り》を知り尽《つ》くした奇襲作戦《きしゅうさくせん》で紀古佐美軍を蹴《け》散《ち》らしていく。

詳細を記す余裕はないが、舌《した》を巻くその作戦は知れば知るほど素晴らしい。

気になった方は是非《ぜひ》、史料や物語に当たって欲しい。小説にも歌舞伎《かぶき》にも宝塚歌劇《たからづかかげき》にもなっているし、関連本もたくさんあるぞ。

さて。紀古佐美軍壊滅《かいめつ》を知った朝廷が次に派遣したのが、もはや、お馴染《なじ》みとなった坂上田村麻呂だ。

物語の中での田村麻呂さんは、鬼征伐の主役だが、史実の彼はオッソロシイ阿弖流為軍と正面衝突はしなかった。彼は戦闘を避《さ》けて蝦夷との親睦《しんぼく》に力を入れ、信頼関係を築いていったのだ。

実際、田村麻呂と阿弖流為が戦ったという話はない。

鈴鹿御前の話でもなんとなく伝わってきたように、田村麻呂は鬼征伐のヒーローでありながら、どこか可愛げがあって憎めない。

正義漢だったお父さんの苅田麻呂《かりたまろ》も、陸奥鎮守将軍《むつちんじゅしょうぐん》として、さしたる問題もなく蝦夷の土地を治めていた。田村麻呂もその地縁《ちえん》と、父の代からの信頼を活《い》かしていたのかもしれない。

そして延暦二十一年（八〇二）、征夷大将軍となっていた田村麻呂は現在の岩手県奥州市胆沢《いさわ》に城を築きはじめる。

胆沢は阿弖流為の本拠地だ。つまり、その本拠地を実効支配《じっこうしはい》していることを、彼は蝦夷たちに知らしめたのだ。

ううむ。史実の田村麻呂は知謀《ちぼう》の将《しょう》だ。

既にそのとき朝廷軍は現地に常駐、仲間の蝦夷も懐柔《かいじゅう》されて親ヤマト派が増えていた。

それに時代の節目《ふしめ》を見たか、阿弖流為は五百人の兵と共にあっさり田村麻呂に降伏《こうふく》する。投降《とうこう》した阿弖流為と、もうひとりの蝦夷の長・母禮《もれ》を連れて田村麻呂は京に戻った。貴族たちは当然ながら彼らの処刑《しょけい》を望んだ。が、田村麻呂は反対する。

田村麻呂もまた、阿弖流為の人となりを高く評価していたからだ。

ゆえに田村麻呂は助命嘆願《じょめいたんがん》のみならず、この先の東北地方の運営は阿弖流為に任《まか》せるべしと言ったのだ。

多分、ふたりの間には、友情に近いものが芽生《めば》えていたのだろう。しかし、京の貴族らにそんなことは伝わらない。

阿弖流為と母禮は結局、河内国《かわちのくに》で処刑される。

この処刑によって、蝦夷は再び徹底抗戦《てっていこうせん》の構えとなり、戦いは長く尾を引くこととなってしまった……。

随分《ずいぶん》と昔、私は枚方市牧野《ひらかたしまきの》にある阿弖流為と母禮の墓と伝わる塚《つか》を訪れたことがある。

うららかな晴天の下で手を合わせると、目を閉じた瞬間、ぎょっとするほど大きな声が、心の中に飛び込んできた。

――馬を！

気迫《きはく》漲《みなぎ》る男の声だ。

馬に乗って故郷に駆け戻りたいのか。あるいはまだ戦うつもりか。

いずれにせよ、その声はまだまだやる気満々で、とても鎮撫《ちんぶ》されている魂のものとは思えなかった。

なんともね。私はそのとき、涙が零《こぼ》れてしまったよ。

平成六年（一九九四）。平安建都千二百年を機に、岩手県の有志の方が京都の清水寺《きよみずでら》に「北天の雄　阿弖流爲　母禮之碑」と刻んだ慰霊碑《いれいひ》を建立《こんりゅう》した。

清水寺は奈良時代末の延鎮上人《えんちんしょうにん》を開山《かいさん》、坂上田村麻呂を本願《ほんがん》としている。だからこその清水寺だが、私はやはり阿弖流為たちの魂は蝦夷の国に帰してあげるべきだと思う。

どんなに田村麻呂と信頼関係を築いていても、京都で心は鎮《しず》まるまい。故郷である鬼の地でこそ、安らかに眠れるのではないか……。

感傷的になってしまったが、それはともかく、阿弖流為の姿は多くの鬼に投影されている。

彼が鬼とされた理由のひとつは、東北が鬼の住処《すみか》であったからだ。それはヤマトから見た鬼門方位《きもんほうい》という以上に、東北人自身が選んだ神が鬼であったという理由が大きい。

阿弖流為の本拠地である岩手県は、その名自体が鬼に所縁《ゆかり》を持っている。

盛岡《もりおか》の駅からほど近い三《み》ツ石神社《いしじんじゃ》は、名の通り三つの大石が祀《まつ》られている。往時、悪さを働いた鬼が三ツ石の神に懲《こ》らしめられた。そして、二度と悪事は働かず、当地にも来ないという誓約《せいやく》を立て、証《あかし》として鬼は手形《てがた》を石に押して去ったという。

それが「岩手《いわて》」の地名伝説だ。

鬼は去ったものの、その伝説を県名にまで残すのは、やはり愛があるからだろう。

岩手よりももっと北、青森県も鬼の一大センターだ。

青森の霊山《れいざん》、岩木山《いわきさん》周辺はどこを見ても鬼ばかりだ。この山は地元で「お岩木さま」と呼ばれ、古代から崇《あが》められていた。

現地で聞いた話だが、以前、昭和天皇が青森を訪れたとき岩木山がよく見えたので、当時の知事が「陛下、あちらがお岩木さまでございます」と案内してしまったとか。

慣《な》れ親しんだ呼称とはいえ、それでは天皇よりもお岩木さまのほう上になってしまう。鬼の末裔《まつえい》の面目躍如《めんもくやくじょ》といったところではなかろうか。

このお岩木さまの南東麓《なんとうろく》に立つ津軽国一宮《つがるのくにいちのみや》・岩木山神社《いわきやまじんじゃ》は、田村麻呂に所縁を持ち、「北《ほく》門鎮護《もんちんご》」を扁額《へんがく》に掲《かか》げる。いわば朝廷側、表の社《やしろ》だ。

しかし、山の北方に位置する巌鬼山神社《がんきさんじんじゃ》と、東北方向の鬼神社《きじんじゃ》はどちらも名の通りに鬼を祀っている。

巌鬼山神社はもともと岩木山神社が鎮座《ちんざ》していたところとされ、歴史は岩木山神社より古い。そして、「がんきさん」が「いわきさん」とも読めるように、岩木山自体が鬼の住処であることをほのめかしている場所でもある。

その岩木山の鬼が実際に活躍したのが、鬼神社だ。

——昔、弥十郎《やじゅうろう》という農夫が岩木山中の赤倉沢《あかくらさわ》で大人（オオヒト＝鬼）と親しくなった。ある日、弥十郎が水田の水不足で悩んでいることを大人に話すと、大人は一夜にして堰《せき》を造って田に水を引いた。村人はこの堰を「鬼神堰《きじんせき》」と呼んで感謝した。しかし、あるとき、「仕事をしているところを見てはならない」という約束を弥十郎の妻が破ったため、大人は鍬《くわ》と蓑笠《みのかさ》を残して去った。

弥十郎がそれらを祀ったのが「鬼神社」の始まりで、そのときから、ここの地名も「鬼《おに》沢《ざわ》」になったと伝えられる。

鬼神社の境内《けいだい》には、大人が水路を築くときに使った農工具を模した額が飾られている。

大人が造った鬼神堰も現役で残る。これは「逆堰《さかさせき》」とも言われ、低い方から高い方に水が流れているように見える不思議な水路だ。

また、大人と弥十郎が遊んだという「鬼の土俵《どひょう》」と呼ばれる場所もある。こちらはなぜか、土俵の形に草が少ないという。

また、鬼沢は現在も節分の日に豆を撒《ま》かない、端午《たんご》の節句《せっく》に鬼よけとなる蓬《よもぎ》や菖蒲《しょうぶ》を屋根に載《の》せない、などを守っている家が多いと聞いた。

加えて、神社の扁額《へんがく》は「鬼神社」と書かれているが、この鬼という字には上部の「ノ」即ちツノがない。

鬼神社の鬼は、ツノを出さない優しい鬼というわけだ。

徹頭徹尾《てっとうてつび》、鬼愛に溢《あふ》れた村と神社！

まったく素晴らしいな、東北は。

巌鬼山神社、鬼神社は坂上田村麻呂にも関わりを持つ。

だが、血生臭い鬼との戦いは、これらの社には伝わっていない。戦の様子を記せば、鬼愛深い人々は田村麻呂に恨《うら》みを抱く。それを回避《かいひ》したというのか。いや、やはり当地における田村麻呂は、悪役にはなりきれないカリスマ性を持っているのだろう。

話を巌鬼山神社に戻すが、平成元年（一九八九）、この神社の裏側で「鬼の腕《うで》」が見つかるという騒ぎがあった。

発見したのは、営林署《えいりんしょ》の職員。腕は肘《ひじ》の部分から指先まで、ほぼ完全な形で残ったミイラ化した右腕で、ていねいに埋葬されていたという。しかも腕の大きさから計算すると、身長は二メートル近くあるという。

なぜ、それが鬼の腕と断定されたのか。生憎《あいにく》、写真が見つからないため、理由はよくわからない。

ともあれ、鬼の腕は津軽大学の考古学研究室に持ち込まれた。鑑定《かんてい》された結果は——巧妙に作られた偽物《にせもの》。

誰かの悪戯《いたずら》だろうという結論になり、騒ぎは急速に収束した。

偽物というのは残念だが、私は悪戯とは思わない。

誰かが鬼神の復活を望んで、術をかけたんじゃなかろうか。

なぜなら、津軽付近にはゴミソ、カミサマと呼ばれる霊能者たちが、数知れず存在しているからだ。

巌鬼山神社から岩木山を登っていくと、やがて赤倉沢に出る。岩木山神社が岩木山信仰の表の顔なら、赤倉沢は裏——真の顔だ。

この辺《あた》りから岩木山の登山道に至るまでが、ゴミソ、カミサマと呼ばれるシャーマンの聖地「赤倉霊場」となる。

能力者が集う場所というのは、当然、力のある場所だ。力といっても、その種類は千差《せんさ》万別《ばんべつ》。相性もある。ここはある種、玄人《くろうと》向けのパワーが漲《みなぎ》っている場所だ。

鬼の名を頂く山の力が、多分、とても強いのだろう。

まったくの噂話《うわさ》だが、赤倉沢側の岩木山では、ある標高より上で生まれる子供は必ず双《ふた》子《ご》になるという。ゆえにそれを嫌う村人は、結婚したのち、山から下りるという話を聞いたことがある。

真偽は確認してないが、そんな話が出てくるほどに、岩木山が神秘の山として語られていたのは事実だろう。

神社の裏手から山に向かうと、ゴミソさんたちが感得した神仏のお堂がずらりと並ぶ。お寺風あり神社風あり、鬼がいたり相撲取りがいたりと滅茶苦茶《めちゃくちゃ》な神仏パラダイスだ。

とはいえ、現在、赤倉霊場を拠点にするゴミソさんはほとんどいない。ゆえにほとんどのお堂は閉まっている。が、独特の雰囲気は残ったままだ。

精製されて希釈《きしゃく》された神とは異なる、細かい、しかし大地に根ざしたナニカの息遣《いきづか》いがある。

聖俗が混ざり、神仏が混ざり、妖怪までもが混入する、なんとも日本らしい聖地だ。

そこをなおも奥に進むと、えらく出来の良い神様の石像が並んでいるスポットに出る。

中央にいるのは、ぎょろ目で鷲鼻《わしばな》、ぽっこりお腹で金棒《かなぼう》を持つ、赤倉大権現様《あかくらだいごんげんさま》だ。

まさに鬼！　しかも、すっっごくチャーミング！

この鬼が赤倉の総大将なら、「瘤《こぶ》取り爺《じい》さん」の話のごとく、夜毎《よごと》、歌って宴会《えんかい》していても不思議じゃない。友達になれそうな雰囲気だ。

とはいうものの、ここに至るまでの道はかなり濃密なので、当てられてしまう人もいる。漂《ただよ》う気配との相性もあるし、普通の神社で感じるような清々《すがすが》しさもほとんどない。過去の祈りの残滓《ざんし》のようなものがこびりついた地だ。

だが、東北のシャーマンたちのプリミティヴな信仰を知りたいというのなら、是非《ぜひ》訪れてほしい地だ。

もっとも、そんな濃い所を選ばずとも、津軽にはあちこちに鬼がいる。

なんとここは普通の神社の鳥居《とりい》の上に、鬼がチョコンと座っているのだ。

彼らは「鳥居の鬼コ」と呼ばれ、津軽では魔除《よ》けとして親しまれている。

そう。鬼瓦《おにがわら》の鳥居版だ。

鬼コがいつ鳥居の上に乗ったのか、時代は確定できないが、鬼コにはいくつかのタイプがある。

まず、鳥居の上の横木を額束《がくづか》の代わりに肩で支えている「強力型《ごうりき》」。ものの本によると、これが初期の形らしい。

次に、額の前に立たせて金棒を持たせ、自立させているタイプ。

それから、鬼ではない神様の姿をかたどったタイプ。これも津軽では鬼コと呼ばれる。

また、相撲取りが鳥居を支えているタイプのものもある。

数は資料によって違いがあるが、約四十カ所の神社に掲げられているという。

姿形は様々なれど、これらは魔の侵入を防いで、村人を守る役を担っている。

津軽の鬼は、善《よ》き神なのだ。

鬼コたちが防ぐ魔は、目に見えないモノもあれば、天変地異などの災厄《さいやく》もあろう。それらは即ち、この地で暮らす人々を脅かす有形無形の侵略者だ。

だからこそ、阿弖流為《アテルイ》も守護としての鬼となり、悪路王《あくろおう》と名を変えた。

けれども、それは東北の鬼の本意ではないに違いない。

鬼門という桃源郷《とうげんきょう》で屈託《くったく》なく笑い、夜毎、宴を開く毎日——彼らにはそんな姿が何よりも似合っているのだから。

八之巻

いにしえの鬼　鬼の血統

一

今まで様々な鬼について愛を込めて語ってきたが、ここでもう一度、改めて「鬼」とは何かを考えておこう。

日本国との関係で、初めて「鬼」の字が用いられるのは、三世紀末に中国で記《しる》された『魏志倭人伝《ぎしわじんでん》』。卑弥呼《ひみこ》についての記述の中だ。

「卑弥呼は鬼道《きどう》に事《つか》え、能《よ》く衆を惑わす」とある。

有名な一文ではあるが、「鬼道」の意味はわかっていない。中国語の「鬼」は一般的に死《し》霊《りょう》を指すが、死者の霊を降ろす能力だけで、大衆の心を掌握《しょうあく》するのは難しいんじゃなかろうか。

……と、なんとなく、もやもやするのが『魏志倭人伝』に出てくる鬼だ。

一方、国内では「鬼」の字を記した呪符木簡《じゅふもっかん》が一枚ならず出土している。

その中、比較的初期となる七世紀のある木簡には「今日戌日死人」とあり、その片面に「鬼急々如律令」と記されている。意味は「鬼よ　速《すみ》やかに律令《りつりょう》（法・命令）に従え」だ。

多分、死者を冥界《めいかい》に送るための呪符だろう。とすると、この「鬼」の字は、まさしく死霊の意味となる。「急々如律令」自体、大陸由来の呪文《じゅもん》だから、木簡の「鬼」の解釈が中国的であるのは妥当だ。

その鬼が人の霊から離れ、神霊として記されたのが『日本書紀』だ。

『日本書紀』の成立は養老《ようろう》四年（七二〇）とされているから、先の木簡より古い。「鬼」という字の解釈は、そのときによってオリジナルと舶来思想《はくらいしそう》の間で揺れていたのだろう。

『日本書紀』の「鬼」はまず、神話の中に登場してくる。

巻二の第九段、出雲《いずも》の国譲《くにゆず》りが語られた後、武甕槌神《たけみかづちのかみ》と経津主神《ふつぬしのかみ》は「諸《もろもろ》の順《まつろ》はぬ鬼神等《かみたち》を誅《つみな》ひ」た。

続く別伝では「一《ある》に云《い》はく、二《ふたはしら》の神遂《つい》に邪神《あしきかみ》及び草木石《くさきいし》の類を誅ひて」としていることから、一般的にこの鬼神は邪神とイコールだと見なされる。

だが、本当にそうだろうか。

私が気になるのは、邪神の「邪」は「神」の形容詞とされていて、そのために「あしきかみ」と読まれるのに対し、鬼神は「おにがみ」とはならず、一語で「かみ」と読みが振られていることだ。

『日本書紀』の別伝は、ときに全く違う話を差し挟んでくるものだから、「邪神」と「鬼神」は別ものと考えていいのではなかろうか。いや、私がそうしたい、鬼は「邪」ではないのだと思っているだけのことなのだけど……。

本書の序にて、日本では「鬼」の字を「かみ」「もの」「しこ」と読む例があると記したはずだ。そして「鬼」の和訓《わくん》が「おに」とされた理由として、姿の見えないモノ、この世ならざるモノを意味する「隠（おぬ）」が転じて「おに」となったという話も紹介した。

この説はほぼ定着しているが、そのほかにも流行病《はやりやまい》を示す「瘟（えやみ／オン）」から「おに」となったという説がある。

真偽は古代の人に聞かないとわからぬことではあるけれど、時代が下るに従って鬼が疫《えき》病《びょう》や災厄《さいやく》と結びつけられたのは確かなことだ。

『日本書紀』後に成立した『続日本紀』辺《あた》りから、鬼神は役小角《えんのおづぬ》に使役《しえき》されるほどの力しかなくなり、徐々に善くない存在となり、疫病をもたらしたり人を傷つけたりするものになっていく。

それでもまだ、平安時代は鬼をもてなして帰ってもらう「道饗祭《みちのあえのまつり》」などを行って、祀《まつ》ろうとする心があった。しかしその一方で、追儺《ついな》（節分）などで単純に鬼を祓《はら》う行事もできて、鬼は追われ、祓われるべき悪として定着してしまう。

……悲しい。

好きな存在が貶《おとし》められて、嘆《なげ》かぬ人がいるであろうか。

だが、この嘆きは鬼好きにとっては、いつものことだ。涙を拭《ぬぐ》って、話を進めることにしよう。

日本における「鬼」の解釈は時代と共に変化してきた。

しかし、木簡の「鬼」にしろ、邪神と同一視された鬼神にしろ、その姿形はわからない。角《つの》を持った鬼の姿は後の時代に出てきたものだ。古代の鬼は一体、どんな容姿をしていたのだろう。

その手掛《てが》かりになるのがやはり『日本書紀』、斉明天皇《さいめいてんのう》の巻にある。

正史において、このとき鬼は初めて鬼として、その姿を明らかにするのだ。

待ってました！

と、拍手喝采《はくしゅかっさい》したいところだが、このお方について語るにはまず、斉明天皇とその時代について長く記しておかねばならない。

実はこの天皇、相当に不思議な人物なのだ。

第三十七代斉明天皇は重祚《ちょうそ》（一度退位した君主が再度即位すること）して天皇となった女帝で、第三十五代皇極天皇《こうぎょくてんのう》と同一人物だ。

つまり、皇極天皇が孝徳天皇《こうとくてんのう》に譲位《じょうい》したのち、再び天皇の位に即《つ》いて、名を変えたのが斉明天皇だ。

女帝としては、神話時代の神功皇后《じんぐうこうごう》を除くと、推古天皇《すいこてんのう》の次で史上二番目。ちなみに譲位は史上初。また、重祚も史上初である。

この天皇の子供が天智天皇《てんぢてんのう》と天武天皇《てんむてんのう》、間人皇女《はしひとのひめみこ》（孝徳天皇の皇后）だ。

おわかりのとおり、この時代は古代史の花だ。

聖徳太子《しょうとくたいし》こそいなくなっていたけれど、皇極天皇二年（六四三）には、蘇我入鹿《そがのいるか》が太子の子である山背大兄王《やましろのおおえのおう》を攻め、自害に追い込んでいる。

その二年後には、中大兄皇子《なかのおおえのおうじ》（天智天皇）らが宮中で蘇我入鹿を討《う》った。

皇極天皇の面前で斬りつけられた蘇我入鹿は御座の下に転げ落ち、「私に何の罪があるのか」と天皇に縋《すが》った。しかし、中大兄皇子が「入鹿は皇族を滅ぼし、皇位を奪《うば》おうとしている」と言ったため、皇極天皇はただちに殿中へ退いたという。入鹿はその場で惨殺《ざんさつ》され、翌日には入鹿の父、蘇我蝦夷《そがのえみし》が自害する。

古代史最大の事件「乙巳の変《いっしのへん》」だ。

そして、蘇我蝦夷自害の翌日、皇極天皇は同母弟の軽皇子《かるのみこ》（孝徳天皇）に皇位を譲る。

この事件が語られるとき、大概、皇極天皇は中大兄皇子のいいなりになった心弱き女帝——つまり脇役《わきやく》として描かれる。

実際、政変の場において、この天皇は主役ではない。しかし、私はこの女帝にとても強く惹《ひ》かれている。

性格でも、功績《こうせき》でもない。鬼もが姿を現した、その能力に惹かれるのだ。

皇極天皇に巫女《みこ》的な力があったことは、研究者も指摘している。

——即位元年（六四二）の夏。

旱《ひでり》が続き、人々は神官の言うままに牛や馬を生贄《いけにえ》にしたり、市の場所を移したり、河川の神に祈りを捧げた。しかし、効果は顕れなかった。

蘇我蝦夷は仏教による祈禱《きとう》を提案し、大寺の南庭に仏像と四天王像を安置して経を読ませた。蝦夷自身が香炉《こうろ》を手にして、香を焚《た》いて願を発したところ、翌日になって小雨が降った。だが、それ以上の雨は降らずに終わった。

そこで八月一日、皇極天皇が飛鳥南淵《あすかみなぶち》の川上に行き、跪《ひざまず》いて四方を拝し、天を仰いで祈ったところ、たちまち雷が鳴って大雨となった。

雨は五日間続いて、国中を潤した。人々は「この上もなく、徳の高い天皇だ」と喜んだ……。

古代より、いや現代でも雨乞《あまご》いに成功するというのは、優れた能力者の証《あかし》となる。

空海《くうかい》は京都の神泉苑《しんせんえん》にて術比べとしての雨乞いに勝ち、小野小町《おののこまち》も同じく神泉苑において和歌の力で雨を降らせた。安倍晴明《あべのせいめい》も五龍祭《ごりゅうさい》を行って雨乞いに成功し、天皇から褒美《ほうび》を賜《たまわ》っている。

旱魃《かんばつ》による飢饉《ききん》が生死に直結した時代、雨をコントロールできる力は高い評価を受けたのだ。

祈雨の成功を呪術的に言うならば、龍神をはじめとした天の神を動かす力があるということ。そして、それ以上に無（旱）から有（雨）を生む力を持つということが、能力者の評価に繫《つな》がったのだ。

乱暴なたとえではあるが、地震や噴火など、可能性のある災害の芽を摘《つ》むよりも、ゼロから雨をもたらすほうが難しい。

それを見事に成し遂げたひとりが、皇極天皇だ。

また、この逸話《いつわ》は蘇我が奉《ほう》じた仏や神より、皇極天皇の呪力のほうが勝っていたという話でもある。

皇極天皇は「古《いにしえ》の道に順《したが》ってまつりごとをした」と記される。

古の道とはなんなのか。はっきりとはわかっていないが、祈禱においても、新たに入ってきた仏教とは異なった、古き神に通じる法を取ったことは間違いなかろう。

但《ただ》し、この女帝の力・運勢は、人に益する徳の高さとはかけ離れたところにある。


ざっと、記録を追ってみよう。

まずは皇極天皇元年。

雨乞いを行う少し前、怪星ともされる客星《かくせい》が月に入るという凶兆《きょうちょう》が顕《あらわ》れた。同年秋には地震。連日の雷。

次に、皇極天皇二年。

元日の朝、五色《ごしき》の大きな雲が天一杯に広がる瑞兆《ずいちょう》と、青い霧が地面に湧《わ》き充ちる凶兆が同時に起きた。五月には、やはり不吉とされる月蝕《げっしょく》があり、八月には河内国《かわちのくに》の茨田池《まむたのいけ》の水が濁《にご》って、白黒の小さな虫が水面を覆《おお》った。

即位三年七月にも、奇妙な虫騒動が起きている。

——東国富士川《とうごくふじがわ》流域に住む大生部多《おおふべのおほ》が、蚕《かいこ》に似た「常世《とこよ》の国の虫」を祀《まつ》れば富と長寿を得ると広めたため、人々は貴賤《きせん》を問わず虫を祀り、歌を歌って喜捨《きしゃ》をした。しかし、秦河勝《はたのかわかつ》は狂乱する民の様を憎んで、大生部多を討ち殺した。

この騒動の翌年一月、山の峰《みね》や河辺、宮寺などの遥か遠くに何か見えるものがあり、猿《さる》が呻《うめ》くような声が聞こえた。その場に行くと何もないが、声だけは響き続けた。人々はそれをなぜか、伊勢大神《いせのおおかみ》の使者であると判じたという。

そののち乙巳の変が起き、皇極天皇は譲位する。

立て続いた奇妙な出来事は、一般的には乙巳の変の兆《きざ》しとして解釈される。が、果たしてそれだけのことで、ここまでの事が起きるだろうか。

私には、むしろこの時期——つまり皇極天皇の即位によって、天人地すべてが乱れて動《どう》揺《よう》したかのように思える。乙巳の変も常世の虫の一件も、皇極天皇あってこそ、起きたごとくに感じるのだ。

なぜなら、次の孝徳天皇在位中は政治的なゴタゴタこそあれ、天地は静かで、奇怪な現象もほとんど起こらないからだ。

それが再燃するのが、再び天皇の位に即いた女帝——斉明天皇の時代だ。

二

即位後、怪異はすぐ起きる。

『日本書紀』斉明天皇元年（六五五）五月一日。

空の中、竜に乗る者が現れた。風貌《ふうぼう》は唐《とう》の人に似ている。油を塗った青い絹《きぬ》で作った笠《かさ》を被り、葛城嶺《かづらきのたけ》から走って胆駒山《いこまやま》（生駒山）に隠れた。午《うま》の時（正午）になると、住吉《すみのえ》の松嶺《まつのみね》の上から、西に向かって馳《は》せ去った。

——いきなり、そんなことを記されても困ります、という記事だ。

葛城山から生駒山なら、二上山《にじょうさん》や信貴山《しぎさん》という霊山を含む山系を北上したことになる。

そののち「竜に乗る者」は大阪のほうに去ったのだ。

ルートが何を示すのか、生憎《あいにく》、わからないけれど、この記事が斉明天皇即位の直後、最初のトピックスとして記されたことは注目に値《あたい》する。

神話も含む『日本書紀』には瑞兆《ずいちょう》や凶兆、不思議な事件も記される。しかし実在した天皇の記録において、それらは政治的な記事の狭間《はざま》に添えられる程度の扱いだ。

ところが、この女帝の記録に関してのみ、積極的に超常現象が語られるのだ。

斉明天皇になってのち、天変地異や怪異の記録は皇極時代より少なくなる。だが、即位後すぐに人ならぬものについて記されるのは、この天皇以外にない。

ちなみに、斉明期の政治的動乱と言えば、即位から四年後、有間皇子《ありまのみこ》が謀反《むほん》の嫌疑《けんぎ》を掛けられて縛り首になったことと、のちの天智天皇二年（六六三）に起こった「白村江《はくすきのえ》の戦い」の下地となる動きがあったくらいだ。一方、異変は「竜に乗る者」の他にも数多い。

以下、簡単に並べてみよう。

斉明天皇四年（六五八）、出雲国から報告が入る。「北の海の浜に、河豚《ふぐ》ほどの大きさで雀のような口を持ち、針のような鱗のある魚（ハリセンボンか？）が死んで積み上がっていた。土地の人は、雀が海に入って魚に化けたのだ。だから、これを雀魚《スズメオ》と名づけたと言った」

斉明天皇五年（六五九）、出雲国の熊野大社を修繕。そのとき、狐が役夫《えきふ》の採ってきた葛を食い切って逃げた。また、犬が死人の手を揖屋《いや》神社に置いた。

揖屋神社は、死者の国への入り口とされる黄泉比良坂《よもつひらさか》比定地近くにある。そのためか、この異変は天子が崩御《ほうぎょ》する兆しとされた。

また同年、百済《くだら》救援・新羅《しらぎ》征伐のために造った船が伊勢に到着した時、夜中に理由もなく引っ繰り返った。前後して、科野国《しなののくに》からは「蠅が群がって西に向かい、巨坂《おおさか》（現・神坂《みさか》峠《とうげ》）を飛び越えていった。大きさは十人で取り囲んだほど。高さは天に届くほどだった」という報告が入る。

これらはいずれも、百済救援軍が敗れる凶兆の怪異と判じられている。

――こう並べてみたものの、実は『日本書紀』においてこのパターンは珍しいとは言い難く、斉明期のみの特色とは言い切れない。怪異そのものの数なら、皇極時代のほうが断然多い。

ならば、斉明天皇の特異性はどこにあるのか。

記録の中、ひときわ目立つのは大規模な土木工事だ。

飛鳥板蓋宮《あすかのいたぶきのみや》で即位した天皇は宮の出火に伴い、その冬、飛鳥川原宮《あすかのかわらのみや》に移る。

翌年、天皇はさらに飛鳥の岡本《おかもと》に宮殿の土地を定め、高麗《こま》・百済・新羅の使者のため、幕を張って宴を催す。その後、同地に宮室を建て、正式に後飛鳥岡本宮《のちのあすかおかもとのみや》とした。

それから、田身嶺《たむのみね》（現・多武峰《とうのみね》）の頂上に、周囲を取り巻く垣《かき》を築いて、頂上に立つ二本の槻《つき》の木の下に観《たかどの》を造り、両槻宮《ふたつきのみや》あるいは天宮《あまつみや》と呼んだ。

また、水工《みずたくみ》に溝《みぞ》を掘らせた。その溝は香久山《かぐやま》の西から石上山《いそのかみやま》にまで至った。船二百隻を用いて、石上山から採った石を載せて運び、宮の東の山に石を積んで垣を造った。

また吉野宮《よしののみや》を造った。

………。

一体、何を考えていたのか。

石上山から香久山までは、大雑把《おおざっぱ》に直線で測っても十五キロメートル近くある。のみならず、石上山は物部《もののべ》氏の信仰拠点のひとつだ。麓《ふもと》に立つ石上神宮《いそのかみじんぐう》は、古代祭祀の根本の場で禁足地《きんそくち》になっていた。

そんな場所から石を切り出すとは、どういうことか。

また、石上から南下するには、ルートによっては石上神宮同様の禁足地を持つ大神神社《おおみわじんじゃ》の辺りを通るし、箸墓《はしはか》古墳などもある。ある意味、危険地帯とも言えるそんな場所に溝を掘り、石を香久山に運ぶ意味がわからん。

同時代の人々も、皆目《かいもく》わからなかったらしく、長々と掘られた溝を「狂心《たぶれこころ》の渠《みぞ》」と誹《そし》った。

「無駄な人夫は三万人余り。垣を造るために費やした人の数は七万人余り。その間に宮材は腐って使えなくなり、山頂は潰れてしまった。石の山の丘を作る。作った先から壊れていくだろう」

『日本書紀』の注によると、これらの言葉は完成していないときに言われた誹謗《ひぼう》ではないかとされている。

とすれば、文言は呪詛《じゅそ》に近い。つまり、それだけ民衆が疲弊していたということだろう。

実際、この事業には目的や意味が見当たらない。インフラ整備というわけでもないし、軍事的な意味もない。不満が出るのも当然だろう。

有間皇子に謀反をそそのかした蘇我赤兄《そがのあかえ》も、天皇の失政三つのうち、ふたつの理由を土木としている。

即ち、大いに倉を建てて民の財を積み集めたのが一。長く溝を掘って公の糧を浪費したのが二。船に石を載せて運び積んで丘にしたのが三だ。

のちに左大臣まで上り詰める赤兄すら、斉明天皇の考えは理解できなかったのだ。

ただ、大化改新を断行し、有間皇子を追い込むほどの辣腕《らつわん》を振るった中大兄皇子が、この件に関して一切何も言っていないのは不思議に思える。

母親に頭が上がらなかったのか。それとも政治とは関係のないところで、遊ばせておこうと考えたのか。止めても聞かなかったのか。

いや、斬《き》られた入鹿《いるか》に驚いて御簾内《みすうち》に逃げ、翌日譲位するような気弱な女帝だったなら、諫《いさ》めれば引き下がるだろう。

そうならなかったということは、この女帝が一般的評価とは異なる性格を有していたか、あるいは皇子たちが納得する理由があったかのどちらかだ。

真実はわからない。けれど、そうでなければ、納得できない。

なぜなら、この女帝は飛鳥の風景を一変させてしまったからだ。

——修学旅行や観光などで、飛鳥に行った人のほとんどは、亀石《かめいし》や酒船石《さかふねいし》を訪れたはずだ。

平成十二年(二〇〇〇)には、亀形石造物《かめがたせきぞうぶつ》という希有《けう》な遺跡も発掘された。

これら飛鳥地方に点在する奇妙な石造物のほとんどが、斉明天皇によって造られたと推測されているのはご存じだろうか。

亀石、猿石《さるいし》、酒船石、出水《でみず》の酒船石、益田岩船《ますだのいわふね》、石人像《せきじんぞう》、人頭石《じんとうせき》、二面石《にめんせき》、マラ石《いし》、弥《み》勒石《ろくいし》、須弥山石《しゅみせんせき》、車石《くるまいし》、文様石《もんようせき》、川原の立石《たていし》、上居《あげい》の立石、こぐり石、亀形石造物などなどなど。

鬼の俎《まないた》・鬼の雪隠《せっちん》は、今では古墳の石室の一部と判明しているが、その他の石造物については一切用途がわかっていない。須弥山石は噴水施設で、亀形石造物も水を使う施設だろうといった程度で終わっている。

しかも、それらの造形はいずれも日本的とは言い難く、人の姿をしたものなどは妖怪じみて思えるほどだ。

こんなものが都のあちこちに置かれ、溝が掘られて石が運ばれ、平地のみならず、山の上まで石垣が巡らされる……。

当時の都の景観は、相当、異様なものだったに違いない。

数ある石造物はひとつとして実用的ではないにもかかわらず、お遊びでできる規模でもない。とすれば、考えられるのは、土地の霊を相手取る風水的な呪術、あるいは何かのマジナイだった可能性だ。

実際、明日香村川原《あすかむらかわはら》にある亀石には、奇妙な伝説が残っている。

曰《いわ》く、亀石ははじめ北を向いていたが、次に東を向いた。現在は南西を向いているが、西に向いて当麻《たいま》のほうを睨《にら》みつけると、奈良盆地は泥の海と化す、と。

当麻にあるのは二上山。のちに大津皇子《おおつのみこ》が葬られるこの山は、雄岳《おだけ》と雌岳《めだけ》の間に夕陽が沈むことから、西方浄土《さいほうじょうど》への入り口、死者たちの魂が向かう場所と考えられた。

三輪山《みわやま》などの聖なる山の対極にあり、そのためか、ここから切り出された石は古墳の石室として用いられている。

また、麓《ふもと》の當麻寺《たいまでら》の開基《かいき》が、麻呂子親王《まろこしんのう》とされているのも気に掛かる。そう。麻呂子親王は酒天童子以前の大江山で、鬼を退治したという伝説を持つ親王だ。

亀石伝説の意味するところが、それらと関係あるのか否か。

これもわからないけれど、方位を使ったなんらかの意図――呪術装置であった可能性は濃い。ならば、ほかの石造物にも、呪的機能があってもおかしくない。

そう思うのは、オカルト好きの牽強付会《けんきょうふかい》というものだろうか。

ともあれ、大津京《おおつきょう》、藤原京《ふじわらきょう》、平城京《へいじょうきょう》、長岡京《ながおかきょう》、そして平安京《へいあんきょう》と移っていくうち、飛鳥の地は寂《さび》れゆき、石造物も変化した。女帝の意図を正確に汲《く》み取る術《すべ》は最早《もはや》ない。

石造物に関してはまだ語りたいこともあるのだが、そろそろ鬼に話を戻そう。

三

――斉明天皇六年（六六〇）七月、新羅・唐の連合軍によって、百済は滅びた。

百済の遺臣は日本に救援を要請《ようせい》。斉明天皇と中大兄皇子らは、難民を受け入れるとともに救援軍の派遣を決めた。

翌七年五月九日。天皇は筑紫《つくし》（福岡県）朝倉橘広庭宮《あさくらのたちばなのひろにわのみや》に移った。

この時、朝倉社の木《き》を伐り除いて宮を造ったため、神が怒って殿《おおどの》を壊した。宮の中には鬼火が現れ、近侍《きんじ》する者は病を得、多くの人が亡くなった。

そして、それからふた月後の七月二十四日。いきなり斉明天皇は、朝倉宮で崩御《ほうぎょ》するのだ。

朝倉到着からたったの七十五日、御年六十八歳だ。

当時としてはかなりの高齢と言えるので、常識的に考えるなら、長旅の無理で体調を崩したとみるのが妥当だろう。

しかし、その葬儀の席で異変は起きる。

「是夕於朝倉山上有鬼、着大笠臨視喪儀、衆皆嗟怪」

——この宵《よい》に、朝倉山の上に鬼があった。大笠を着け、喪《も》の儀式を臨《のぞ》み見ていた。人々は皆、それを怪しんだ。

ここに日本正史上はじめて、鬼が、鬼という名を持って姿を現す。

恨むでも、せせら笑うでもなくて、鬼は夕暮れの山上から、ただ黙って女帝の死を見つめる。

まるで女帝の死と引き替えに、鬼は現《うつ》し身《み》を得たかのようだ。

あるいは偉大なる巫王《ふおう》を悼《いた》み、自ら姿を見せたのか。

一般的に、この鬼は朝倉山の神と同一視される。しかし、木を伐って祟《たた》りを為したのは「神」であったと記されている。鬼とは使い分けられている。

また、この鬼と即位後すぐに現れた「竜に乗る者」を、笠を被るという共通点から同一視する説も根強い。

平安時代に記された『扶桑略記《ふそうりゃくき》』では、両者は共に蘇我蝦夷《そがのえみし》の亡霊で、朝倉山の伐採《ばっさい》により多くの人が死んだことも、蝦夷の死霊の仕業《しわざ》としている。

だとすれば、記された「鬼」は中国語的な意味を持つ、死霊としての鬼となる。

この解釈を採るならば、斉明天皇は即位当時から死してのちまで、滅びた蘇我氏の怨念《おんねん》を背負っていたということになろう。

これが妥当なら、物部氏所縁《ゆかり》の石上から石を運んで「狂心の渠」を造ったのは、蘇我氏と対立した物部氏の力を頼み、結界《けっかい》としたという想像も可能だ。

しかし、石上を削ったならば、石上の力は弱まる。今どきの官僚ならばともかく、当時の人がそのことに気づかなかったわけはあるまい。

第一、斉明天皇は飛鳥から出ていったのだ。筑紫に蘇我氏は所縁もない。そこで祟られて死んだというのか。

これまで斉明天皇の記録を見てきた我々は、そんな都合の良い解釈に頷《うなず》くことはないはずだ。大体、雨乞《あまご》いに敗れた蘇我蝦夷が、女帝を祟れるはずがない。

天人地すべてを動揺させるほどの巫力《ふりょく》と、凡人の理解を超えた造都計画――これが、斉明天皇の力だ。

見る人によっては、天皇そのものが人の手に余る存在、即ち鬼に近くも思えただろう。

そう。確かに、この女帝の立ち位置は、偉大な鬼と近似値《きんじち》にある。その血はどこに受け継がれたのか……。

鬼女紅葉《きじょもみじ》のいた鬼無里《きなさ》、鈴鹿御前《すずかごぜん》のいた鈴鹿峠。

以前、私はこれらの地と天武天皇《てんむてんのう》との関わりを記した。断言できる言葉はないが、母のことを思えば、なんとなく頷ける気がするのは確かだ。

一方、兄である天智天皇《てんぢてんのう》に「鬼っ気」は窺《うかが》えない。

兄は父親似、弟は母親似といったところか。加えて、今の皇系に「鬼っ気」があるかと問われれば、かぶりを振るほかはない。

現天皇家は桓武天皇《かんむてんのう》、つまりは天智系であり、天武天皇の系列は廃絶してしまったからだ。

その天武系最後を飾るのが――井上内親王《いのえないしんのう》、そして、その子供である他戸親王《おさべしんのう》だ。

井上内親王は光仁天皇《こうにんてんのう》（夫であり、他戸親王の父）を呪詛《じゅそ》したとして皇后を廃された。子である他戸親王も、一度は立太子したものの皇太子を廃された。

その後、ふたりには光仁天皇の同母姉である難波内親王《なにわないしんのう》を呪詛殺害した嫌疑が掛かり、庶人《しょじん》に落とされて幽閉。二年後の宝亀《ほうき》六年（七七五）四月二十七日、同じ日に母子は死亡する。

呪詛から死に至る裏には、のちの桓武天皇である山部親王《やまべのしんのう》一派の陰謀があったとする解釈があり、暗殺説も囁《ささや》かれている。

そんな不穏な死の結果、翌年からふたりは怨霊《おんりょう》として恐れられることになる。

天災地変が頻発《ひんぱつ》し、井上内親王は竜に変じたとされた。荒ぶる魂を慰撫《いぶ》するため、桓武天皇は遺骨を改葬し、墓は御墓《みはか》と改められた。

だが、そののちも祟りはやまず、同じく冤罪《えんざい》によって憤死《ふんし》した早良親王《さわらしんのう》も祟ったために、桓武サイドは早良親王を崇道天皇《すどうてんのう》と改めて、井上内親王は皇后と追号《ついごう》、御墓を山陵《さんりょう》と追称した。

それでもまだ祟りは収まらず、慰霊《いれい》のために霊安寺《りょうあんじ》（廃寺）が建立され、更にはその隣に内親王を祀る御霊神社《ごりょうじんじゃ》（奈良県五條市）も創祀された。

結果、三柱の怨霊は京都の上御霊神社《かみごりょうじんじゃ》などの祭神となり、今現在も祀られている。

桓武天皇は皇位と引き替えに受けた祟りから、逃げて逃げて、都を変えてまで逃げたものの逃げ切れず、彼らを神として祀らざるを得なくなったというわけだ。

平安朝初期の御霊と言えば、まずは早良親王の名が挙がろう。

だが、日本史上初の御霊は井上内親王と他戸親王だ。

言い換えるなら、天武の血を継ぐ最後の者が、日本初の御霊となったのだ。

ならば、その血の源である斉明天皇……偉大な巫女の命尽きるときの終《つい》の火花が、朝倉にて鬼に姿を与えたとしても不思議ではない。


——以来、鬼は我々の眼前に姿を現し続ける。

鬼とは一体、なんなのか。

その姿と魂は千変万化で捉えがたい。しかしながら、いくら貶められようと、彼らが日本という魂の中、燦然《さんぜん》とした輝きを保ち続けているのは確かだ。

あとがき

今のところ、「障り」は受けずに済んでいるようだ。

そりゃあ、これだけ入れ込んだのだ。ドン引きされている可能性こそあれ、怒られることはないはずだ。

最初、本書のタイトルは『鬼神伝説』のみになるはずだった。しかし、あまりに偏りすぎているため……、可能な限りの文献には当たったし、真実を記しているはずだが……敢えて自分の名前を冠した。冠さざるを得なかった。

まったく、本当に鬼は愛しい。

もしもこの世に酒天童子サマがいたならば、私は始終ウロウロと視界に入ったり、隠し撮りをしたりして、写真を部屋にベタベタ貼るというストーカーになる自信がある。いや、それよりも「鬼隠しの里」で寝ているあなたの側につき、手足をさすらせていただきたい！　あそこにいた女官は被害者ではない。超特別待遇だ。嫌だというなら替わってくれ！　美女じゃないからダメなのか!?　……妄想するだけで辛いほどだ。

『日本書紀』中、朝倉山の鬼出現箇所を読み返すたび、あまりの色気に卒倒しそうになる。朝倉山の鬼が出てくるからこそ『日本書紀』には価値がある！　言い切ってしまいたいほどだ。

そして、鈴鹿御前の美貌と力と誰もがひれ伏す我が儘さったら！　理想以外の何物でもない。そう。記し忘れたけど、鈴鹿サマに配下はいない。ピンで立っての最強無敵！　鼻血出るほど格好いいわ。

私がいつから鬼を愛するようになったのか、きっかけというものは何もない。

いつの間にか、鬼は心に棲んでいた。

とはいえ、私の思う鬼と世間の印象にはかなり隔たりがあるようで、思いを熱く語る機会はなかなか巡ってこなかった。今回、漸くその場を得たのは真実、有り難いことだ。

気合いが入りすぎて、自分自身、失笑するところもあるけど、愛ゆえなので許していただきたい。

そして、少しでも彼らのことを好きになってくれればなお嬉しい。


最後になりましたが、得がたい機会をくださった『ＨＯＮＫＯＷＡ』編集部の皆様、また丁寧な校閲校正をしてくださった校正者さんにお礼申し上げます。

そして、素晴らしいイラストを描き下ろしてくださった小島文美先生。ありがとうございます！

もちろん、本書を手に取って下さった皆様も。

楽しんでいただければ幸いです。

二〇二〇年　七月吉日　　加門七海

【初出】
「序」「酒天童子」「茨木童子」「鬼女紅葉」「鈴鹿御前」「大江山　再び」「土蜘蛛」
『HONKOWA』2016年5月号～ 2017年11月号掲載
「北の鬼たち」「いにしえの鬼　鬼の血統」
『HONKOWA』2018年3月号、5月号掲載

加門七海の鬼神伝説

二〇二〇年七月三十日　第一刷発行

著　者　加門七海

©2020 Nanami Kamon

発行者　三宮博信

発行所　朝日新聞出版

〒一〇四－八〇一一

東京都中央区築地五－三－二

電話　編集：〇三－五五四一－八九一七

販売：〇三－五五四〇－七七九三

印　刷　共同印刷株式会社

装　丁　福士駒美子

Published in Japan by Asahi Shimbun Publications Inc.

ISBN978-4-02-275850-7

加門七海の本

『大江戸魔方陣』
徳川三百年を護った風水の謎（仮）

朝日文庫より2020年8月7日発売予定！

徳川三百年の栄華の裏には、呪術師たちが江戸の町に張り巡らせた風水の術があった。邪悪なものを阻み都市に繁栄をもたらすその風水術は現在も有効なのか？　東京の下に眠る「結界」の全貌を地図から詳細に解き明かす。驚愕と興奮の歴史読み物が、待望の復刊で朝日文庫に登場！　文庫化に際し「東京の顔、都庁を風水する」を新たに加える。